KB037244

자유공간

자유공간

눈부신 날들의 노래(1981~1990)

김종인·김형식·석승징·손영호·이철영

유리창

자유공간

눈부신 날들의 노래(1981~1990)

1판 1쇄 발행 2024년 7월 20일

지은이 김종인 · 김형식 · 석승징 · 손영호 · 이철영
펴낸이 우좌명
펴낸곳 출판회사 유리창
출판등록 제2011-000075호(2011.3.16)
주소 10858 경기도 파주시 탄현면 새오리로 427번길 38-28
전화 031-942-9277
팩스 0505-925-1621
이메일 yurichangpub@gmail.com

© 2024 김종인 · 김형식 · 석승징 · 손영호 · 이철영

ISBN 978-89-97918-31-7 03810

• 책값은 뒤표지에 표시되어 있습니다.

자유공간 합본호를 내면서_

눈부신 봄날이었다. 꽃망울이 기지개를 켜고 있었다. 마냥 두렵지 않은 날들이었다. 그러나 시대는 군홧발에 짓눌려 피를 흘리고 있었다. 그 시대에 맞설 듯 '그러나'라는 접두어를 가슴에 담아 호기(豪氣)를 부리곤 했다. 그때였다. 삶은 무겁게 밀려 들어왔다.

삶은 블랙홀이었다. 우리는 그 속에서 헤어나지 못했다. 그렇게 반세기를 눈 앞에 두고 있다. 조금 더 걷다 보면 시나브로 허청거릴지도 모를 일이다. 그러나 늘 그렇듯 하늘을 본다. 눈부신 봄날이다. 자유공간, 1981~1990.

-2024년 7월

일러두기
오탈자와 맞춤법 일부 수정했다.

자유공간 동인지 발간사_

1982년 3월 자유공간 1집 창간호
손영호, 김형식, 김종인, 석승징

1983년 12월 자유공간 2집《신부 창조》
석승징, 손영호, 김종인, 김형식

1984년 10월 자유공간 3집《여인아, 너의 이름을 부르노라》
김형식, 김종인, 석승징, 이철영

1986년 2월 자유공간 4집《살아남기》
석승징, 김종인, 김형식, 손영호

1986년 9월 자유공간 5집《투사》
김종인, 석승징, 손영호, 이철영, 김형식

1988년 4월 자유공간 6집《통일동이》
김형식, 이철영, 손영호, 김종인, 석승징

1990년 6월 자유공간 7집《떠나가는 노래》
이철영, 석승징, 손영호, 김종인, 김형식

'자유공간'이라는 그 시대의 화두(話頭)_

    1980년대 신군부정권에 맞서 자유와 민주를 외쳤던 그 시대, 그 공간과 환경 속에서 자유공간 확장을 위하여 홍안서생들이 문화예술적 신춘新春 인연을 맺었다. 1981년 2월 11일, 우리는 3·1만세운동의 발상지 탑골공원에서 '자유공간'이라는 제호로 동인 시집을 발간하기로 하고 선언문을 발표했다.

    창간호 표지는 동인의 오랜 도반 권성완이 재래식 뒷간에서 종이에 군홧발 자국을 내고 '에이 쌍 누가 밟았어 자유공간'이라고 써서 만들었다. 권성완은 '자유공간' 글씨의 조형성을 파괴함으로써 새로운 공간을 창조하는 화가의 상상력을 보여주었다.

    1983년 12월 자유공간 2집. 'Corea 야생과 아이러니'는 김형식과 석승징의 합작품으로 우리 조국의 정체성을 직시하면서 그 시대의 아픔을 절규했다. 기독교적 사관을 몸소 실천했던 김종인은 '암울한 죽음'을 통해 프랑스 시인 보들레르의 독특한 시적 양상을 차용하여 선험적 죽음을 소환하여 삶의 귀중함을 역발상으로 보여주는 시편들을 선보였다.

    1984년 10월 자유공간 3집. 김형식은 자유공간 창립 축시 '여인아 너의 이름을 부르노라'를 발표했다. 3집부터 참여한 이철영 특유의 서정시는 시동인지의 문학적 환경이 조화를 이루는 계기가 됐다. 반면, 노동자 중심 민중정서, 현실 참여시와 보편적 시민 위주의 관조적 순수시와의 상충을 놓고 열띤 토론이 펼쳐지는 계기가 되기도 했다.

1986년 2월, 자유공간 4집. 인간의 순수성 회복, 약자들의 삶에 대한 옹호와 사랑, 불의에 대한 저항, 분단을 극복하는 평화통일 지향, 공동체 삶으로서의 연대 등 시대적 숙제를 실천하지 못한 울분을 고백하며 다시 대장정을 기약하는 시인의 좌표를 '살아남기'라는 화두로 제시했다. 조흥은행에서 퇴사한 손영호는 월간 시인통신사 한국시집도서실에서 일하며 4집을 편집했다.

1986년 9월, 자유공간 5집. 시대의 투사 의식을 성숙시켜 부조리한 사회의 모순 구조 속에서 실천양식을 찾아보자는 뜨거운 열망과 간절함으로 탄생한 다양한 현장의 시편들로 채웠다. 이철영의 '사당동1' 외 7편의 시는 80년대 서민의 삶에 집중해 순수시에서 현실 참여시로 넘어가는 지점이기도 했다. 그는 시인의 영안靈眼으로 다가올 다른 미래의 희망을 바라보았다.

1988년 4월, 자유공간 6집. '광장에서' 외 5편을 발표한 김형식은 사회적 모순과 그 시대정신을 시를 통해 경고했다. 이철영은 '서울 편지1' 외 4편을 발표했는데, 아프리카 북단 리비아 트리폴리에서 노동자 생활을 하면서 또 다른 삶의 정서를 고백했다. '87 서울 수첩' 외 3편을 발표한 손영호 역시 분단과 6월 항쟁, 진정한 민주 국가를 꿈꾸는 시편들을 발표했다. 김종인의 '통일동이'는 일제 강점기 시인 이상의 시각적 도안 처리와 같이 남남북녀의 만남을 통일동이 탄생으로 연결하는 회화적 시를 발표했다. '철조망' 외 9편의 시를 발표한 석승징은 남북 분단 상황, 전쟁과 휴전 그리고 진정한 평화를 추구했다. 87년 12월 5일 목사 김종인의 결혼 축시 '그대들 맑은 영혼의 결합을 위하여'도 발표했다.

1990년 6월, 자유공간 7집. 이철영은 트리폴리에서 냉혹함과 열정 사이 시인 특유의 시를 써내려갔다. 석승징은 도도히 흐르는 역사의 탁류 속에서도 여전히 경종을 울리는 시를 발표했다. 손영호는 노동의 가치와 '영화 파업전야' 제작진 전격체포 작전과 인권유린 현장을 시화해 대한민국 현실을 고발하며 '영화 계엄령' 코스타 가브라스 감독에게 바치는 헌시를 썼다. 또 석승징의 결혼식을 축시 '사랑의 기적 소리'로 축복했다. 김형식은 '우리의 아침은 새로웠다'를 통해 부르주아 자본가들에게 열악한 노동자의 현실을 대변하며 시로 울분을 토하는 시인의 저항이 아직 살아있음을 보였다. '병원에서' 외 1편을 발표한 김종인 목사는 생활고와 병마로 이중삼중 겪는 괴로움을 시에 드러냈다.

자유공간 시동인 중에 목회의 길을 걷던 김종인 목사는 2009년 병마에 시달리다 결국 유명을 달리했다. 은행원이던 석승징은 성균관대학교에서 한국철학을 공부해 2024년 박사학위를 받았다. 이철영은 서울에서 출판 사업을 하다 횡성으로 귀촌해 로스터리카페 '커피시계'를 운영하고 있다. 김형식은 1990년대 초 부천노동자문학회 등에서 활동하다 2000년 계간《내일을 여는 작가》 제1회 신인상에 시가 당선

되었고 2006년 시집 《바늘구멍에 대한 기억》을 출간했다. 2010년부터 보건의료노조에서 신규 조직화 사업을 담당했다. 손영호는 영화감독으로 변신해 영화 '최후의 만찬' '날개' '아가페' 등을 만들었다.

오랜 세월이 지났지만 자유공간 시동인들은 '자유공간'이라는 화두로 따로 또 같이, 여전히 새로운 자유공간을 그리고 있다.

-2024년 4월 24일 손영호 씀

차례_

7집 • 떠나가는 노래

자유공간 1집

창간호
1982

자유공간의 확장을 위하여_

예술의 방법을 빌어
역사와 정의에 부끄러움 없이
뿌리 깊은 생명을 잉태하고자하는 우리는
인류의 영혼을 지키는 별과 파수꾼이 되어
십자가의 운명을 짊어졌으니
천지창조 이래
진리를, 사랑을, 자유를 말하는 자 되어
순수한 정신의 절규로써
식자들의 깨어있는 인간의식을 일으켜
자유공간의 확장을 마련하고자 여기
화합 발기하노라.

                                    -자유공간 동인

자유공간

손
영
호
│

밖에는 바람이 부네. 나는 자유네, 지금 나는 자유롭네.
애정이 내 곁에 누워있네. 쌔근쌔근 꿈속에 있네. 광기가 그
린 유화는 내 위에서 살아있네 새가 되어 훨훨 내속으로 다
가오네. 활활 불꽃이 뛰어노네. 태양은 지구 저 편에다 색칠
을 하네. 지금 나는 꿈을 꾸네, 스킨다브스 있는 공간에서도.

김
형
식
|

꽃을 바라보며 1

몇 번인가도
모르는 아우성에
상처 입은 여인이
왜 그리 아름다운지
화원에는
꽃망울이
속삭이기 시작하였고

꽃을 바라보며 3

전라도 하늘 밑을
가고 싶단다
가슴 안에 백합 한 송이
전라도
그 황톳길
가고 싶어라
가서가서
내 고향에 가서
어느 발가숭이 나무 밑동에
한 송이 꽃을 심으련다.
그러다가
내 얼굴이 간지럽게
수군거리거들랑
꽃잎사귀 가을 잎새 뜯어
얼굴을 문지르고 문질러
내가 보일 때를
겨울 벌판에
백합 한 송이 기다리듯
기다리리라.

꽃을 바라보며 7

내는
거칠고 황당한 땅에
바람소리 빗소리 들으며
잡초처럼 살리라
살다가도
내님 손길
아쉬워지면
친구 풀잎사귀들과 어울려
온 들에 불을 지르고
추억 무성히 자라는 날에
농군 아가씨의
손길 안타까운
백합이 되리라

자유 IV

김
종
인
|

공기 속으로
공기의 원자 안으로
갇혀 나올 수 없는 고독

타인을 거부하고
오로지
타인을 멀리하고
버릴 모든 것은 버리고
최후로 나를 떠난다.

물의 분자로 빠르게 빠르게
세계를 돌아보며
돌아가며 마침내

깊게 깊게 자르는 번개에
바람으로 사물을 스치운다.

이제 마지막은
언어

불로도 불로도 마르지 않은
하나의 언어

You for me

눈꽃송이
Credo
Credo!
미친 계집 12명의 벌거벗은
밤 무희
Head light가
그녀들의
눈동자를 응시하고
춤을 전하는 이들은
연극을 한다.
Credo
Credo
Good night night!
이 밤에
이 좋은 밤에
눈이 와 깊이 쌓여가는
밤에 주인 잃은 안경이
널려 있었다.
가느다란 솔에
채찍이 흔들릴 때마다

안경알은 노래하고 싶었다.
안경다리는 부러지고 싶었다.
이대로
눈 속에 파묻혀 내 주인
날 몰라본다 해도
Credo
Credo
날 모른다 해도
나는
벌거벗고 싶고
춤을 추고 싶은 거야.
Credo
Credo
네가
연극의 대사를 잊었다 해도
눈꽃송이 8 1/2
녹아 지워지고
Cutain하면
네 손에
채찍도 내리겠지.

열병

아 – 야
너와 나는
Corea의 흙이어라.

내 조국 산하에 널브러진 흙 조각이
아 – 야! 너의 살이고나.
내 조국 산하에 흐르고 흐르는
저 물줄기가 아 – 야
나의 피이고나.

아 – 야
너와 나와 우리 함께 살자꼬나.
함께 살다 함께 죽자꼬나.
죽어죽어 다시 한 번
이 땅의 흙과 물이 되자꼬나.

네가 먼저 죽으면 아 – 야
나는 흙을 쥐고 울어주마.
내가 먼저 죽거들랑
아 – 야

네가 내게 했던 사랑처럼
너는 물을 생각해다오.

너와 나 아 - 야 우리는
이 땅, 내 조국 산하를
누구보다도 사랑했으니까

아 - 야
우리는 서로를 사랑했다
우리는 서로의 사랑만치나
우리의 조국 Corea도 사랑하였다.

비록에. 아 - 야
수유리의 슬픔도 있었고
가을이 익어갈 무렵의 총성도 있었고
할 말을 말아야 하는 비창도 있었다.
그러나 아 - 야
역사가 우리를 이 땅에 보내었고
우리는 일단 순종을 하였으므로
우리는 힘없는 생을 살면서도
힘 있는 자들이 외치는 그들의 Corea를
그렇지 않아 그렇지 않아 외치며
우리는 우리는

조국을 사랑했었다.

아야 아 - 야

우리 아 - 야 함께 살자꼬나

죽어서 우리는 또 다시 만나자꼬나.

우리는 귀신이 되자꼬나.

우리는 우리는

내 조국을 사랑하는

귀신이 되자꼬나

한없이 사랑을 주는

그런 신이 되자꼬나.

이렇게 젊은 날에 아 - 야. 우리는

우리는

새벽을 기다리면서

사랑을 했었노라고,

우리가 보호해야 하는

너와 나의 철부지 후손들에게

일러 주자꼬나.

5000년!

우리는 긴 역사의 장을 펼치는

부름켰였노라

내가 뛰면 너는 쫓아왔고
내가 쉴 때면 너는 나를 끌었고
그렇게 사랑했던 우리라고,
우리는 후손들에게
말할 수 있는 사람이 되자꼬나.

갈라져 있는 국토를 가진 너와 나는
비극 속에서도
어떤 것은 옳고 어떤 것은 그른 것인지
알지 않니 아 – 야
너와 나의 뜨거운 입맞춤으로
아 – 야
우리의 허리도 이어보자꾸나.
아 – 야 우리의 사랑은
역사가 점지해준 사랑임을
잊지는 말자꾸나.

이제 열병을 얻어 보자꾸나
내가 백두산을 사랑하듯이
네가 한라산을 사랑하듯이
내가 두만강을 네가 낙동강을
네가 대동강을 내가 한강을
내가 서울을 네가 평양을

우리가 우리가 아 – 야
Corea를 사랑하는, 그래서 얻은 열병만치
우리, 사랑의 열병도 얻어보자꾸나.

내가 죽고 네가 죽고
우리는 죽어서
Corea의 흙이며 물이며
우리는 조국 산하를
살찌우자 아 – 야
아 – 야 살찌우자.

자유공간 2집

신부창조
1983

Corea 야생과 아이러니

석
승
징
·
김
형
식
|

나의 사랑하는 언어는 Corea였다.

내 애비라는 사람은 Corea를 잃어버린
까막눈과 까막귀를 가진 이였다.
나는
Corea와 Korea의 그 무서운 거리에서 서성이며
누군가의 이름자를 부르다
쓰러지는가.

그래 우린
빈 하늘의 어둠과 전율과 희망 속에서 절규한다.
아이러니 가득 찬 칠흑 같은 공간 속에다가
여인을 부르며

그러나 여인이여
내가 너의 이름을 부르다 울지는 않겠다
다만 내 고통의 생채기에서 흘러나오는
생명의 끈끈한 액체의 힘으로
노래하련다
시리도록 파란 마음을 가진 아이들과

설레이는 가슴을 위하여

이제 처절한 조국의 상처를
신화처럼 돋아나는
푸른 순에 묻겠다.
가을날 통곡하는 언어와 함께

그 함성 속에 쓰러지련다
남은 자들이 떠난 자들을 위하여 사는가
아! 잘 돌아가는 세상이
누구의 숨소리를 들었는가 멈춰버렸다
얼씨구얼씨구 돌아간다.

격한 새벽녘으로 달빛이 흐른다.

내가 무너져버렸다
내 무너짐 위로 여인을 태운 조각배가
덩실덩실 춤춘다
내 고향은 자유 사랑

숨 쉬어라
우리에게 남산이 있고
한강이 있고

종로2가에 하얀 소나무가 있고
상계동 잡초더미 벌판이 있다.

Corea의 아들들아.

남산

산에는 큰 성이 하나 있고
나무가 있고
바위틈의 맑은 물이 있고
구름이 있다

공주는 성에 갇혀
밤마다 그리운 왕자의 모습을 연상하며
성에 불을 밝히고
왕자는 언제까지 오지 않았다.
수많은 사람이 오고가고는 하였지만–

왕자는 그리움에 산을 보고
밤마다 정감 어린 목소리로 노래를 부르고
가지 못하는 아쉬움에 한숨짓고
떠나온 고향언덕
인간성의 무가치에 대한
반항이
금세도 서럽다

하늘에 던진 돌멩이 하나

아주 어릴 적에
누워서 침 뱉는 일이
어리석음을 배웠다.

우선에
담배 한 대 물고,
연기가 일어
비어 있는 공간을 메운다.
내 썩은 대가리도 채운다.

자빠져서 침을 뱉어보기로 했다.
반항을 배울 때쯤
극심한 도전에
전율하면서
나의 침은 45° 기울어
내 몸과 떨어져 앉았다.

나는
하늘에 차돌멩이 하나를
던진다. 지금

설명이 필요 없다
내게는 현실이며
진실이다.

담배는
마지막 연기를 흘리며
죽어간다.

내 의식은
재를 터는
왼손 두 번째 손가락 끝에 있고
그 그리멘
오른손에 걸려 어지러이
춤추는
연필 끝에 있다.

전화벨이 울린다
머리가 아프다
의미 없이 하늘에
한 소리를 질러본다.

아주 어릴 적에
나는 누워서 침 뱉는 일이

어리석음을 배웠다.

미루나무 꼭대기에
집을 지은 까치가
너무도 가엾다
남산에 탑을 세운
인간이 불쌍하다.

다시금
돌멩이를
꿈속으로 던져본다.

깨어진 꿈속에서
하늘에 던졌던
나의 돌멩이가 보인다
마구 으스러져
흔적조차 찾을 길이
없지만

진달래꽃

친구에게서
우리의 국화를 진달래로 하자는 말을 듣고
산을 쳐다보았습니다. 어머니.

나는 셋방 사는 아주머니가
치맛자락을 감싸 안고
붉은 플라스틱 다라이에
빨래하는 것을 보았습니다.
장송곡을 듣는
라면 파는 할머니를 생각했습니다.
잔돈을 바꿔 달란다고 욕하는
사람들과
탐욕을 꿈꾸는 음탕한 눈빛을 한 사내와
밤이 깊을 때까지 연기 마시며 일하는
지하철 공사장의 아저씨들과
반포와 상계동을 비교하고
삼청동과 금호동으로 교차해보고
웃는 자들의 마음속과
슬퍼하는 자, 애통하고 절규하고 외치는 자의
피란처를 찾으며

다시 한 번

북악의 진달래를
바라봅니다. 슬픈 눈으로,
어머니

손
영
호
|

관계

하늘이 바다라면
물결 일어나는 파도의 바다라면
구름은 섬 파도들의 섬.

신부창조

걸음마를 익힌 곳은 회색 아스팔트
걸어가도 걸어 봐도
이글거리는 태양은
땀과 권태를 낳았네.

바람 부는 언덕에
도달한 노을과 나
찰나의 생명이 영원의 생(生)으로 질주하고

날마다 열리는 수채화 같은 교향곡 향연
그 반석 위에서 바라보는 노을은
가을빛이네.

겨울 이전

안개가 숲속을 지난다, 바람과 함께
장님이 눈을 뜨듯
인생의 정원으로
눈[雪]처럼
나뭇잎이 내리고
그 뒤를 따르는 젊은 파수꾼 있다.

보이나

구토가 난다
토한다 죽은 자 마을에 가면
얼은 땅
수확도 없는 흐트러진 머리의 땅에 가면
특정한 날만 습관처럼 산자가 온다.
끼리끼리 사는 곳이 세상이구나,
슬픔 젖은 구름이 머물다 비를 뿌린다.

지하에서도 보이나
까마귀가 날고
가슴 에이는 파아란 저 하늘이
보이나
해바라기 없는 결핍의 땅에서도.

김
종
인
|

암울한 죽음

나는 내 신념 안에서 더욱 더
검게 그을렀기 때문에 더 이상의
꿈을 지니지 못했다. 나는 너무나
보라색을 태양보다 사랑하므로
빛을 받을 수 없었다. 나는

깨진 것을 동경하므로 어쩐지
티 하나 없는 신이 못미더웠다
이제 내가 거꾸로 걸어 다녀야 할
시간이 내게 문을 두드린다
"이제부터 다르게 사세요."

당신은 새 사람이에요
나는 너무나 짙은 색깔의 옷을 입었기에
내 마음 속에서 금붕어가 헤엄치며
날다가 아이를 낳는 것은 못 보았고
단지 잠자코 있다가 죽어 내 가슴 위로

둥실둥실 떠있는 것을 보았다
나는 검은색을 가슴에 지녔는 고로

골고다의 어둠이 매우 좋아졌으나
그리고 내 걸어갈 다리도 없고
힘도 용기도 지니지는 못했다.

내 거기 올라감이 아니언만 남은
나보고 겟세마네 위에 올라갑네 하고
십자가 위에 벌거벗었네 한다
나는 태양이 사라지고 별도 죽어버리고
달이 빨갛게 Menses를 하는 것을
너무도 그리워 한 덕에 오직
나는 아무도 가질 수 없어 내가
나 지니지 못하고 Planet 위에서
까맣게 타버린다

시간 속의 언어 TV 인(trans formation)

혁명 속에 잠재워진 언어의 광폐
날뛰고 싶은 잔인성의 시간
그토록
사랑했던 여자와의 한강에서의
정사
그 이후도 찾고 싶었던
내 권리
한강물이 몇 번을 흘러간 후에
그녀의 육체와
내 사랑을 교환해버린
후회

꿈꾸고 싶었던 Court에서의
못 박는 소리
그때는
그렇게도 책을 사랑할 때이던가
이념은 죽어지고
내가 아는 사실엔
도장이 있어야 하고

사랑하는 이들끼리 결합하기 힘들도록
Peeping Tom의 눈동자를 기억해야 하는
그녀와 내가 한없이 멀어져갔던
시간이었던가

와해된 색상분리에
나는 숨 쉬는 언어 안에서 그만큼이나 더
체념의 꿈을 가열하기 시작하고

Great Hero I
A Plant - 수영의 묘비

바람이 분다
풀이 눕는다
바람이 불어온다
풀이 돌아 눕혀졌다
바람이 불어
풀이 시들면 자유를
향하여 숨 쉬던 꿈이
하늘로 올라가 버린다

만46년 20여 일을
자유를 바라고 기다려온 풀이
6월 16일
시들어버렸다
풀이여
오늘은 그대의 제일(祭日)이다
도봉산 위로 날아온
풀의 쓰러짐이다

바람은

네가 딛고 있는 땅을 두드리고
하늘가를 맴돌다
구름 안고 춤추다
산 위에서 구르다 비 냄새에
비틀거린다. 오늘 같은 날
비가 온다, 그 비에 풀잎이 벗겨지고
벗겨진 사이로 꿈이
들어와 열매 맺는다

풀은 빨리 눕고
빨리 일어나 숨을 쉰다

김
형
식
|

의자

내 사랑이 숨죽이던 날
빈 의자를 보았다.

의자 앞으로
지는 보랏빛 일몰처럼
물길이 트이고
환상의 북소리가 퍼진다.

말없이 우는 세월을 달래며
나는 실의에 빠진
환자처럼 울었다
새벽녘
삶의 행렬이 보일 때까지

세월이 입덧을 시작할
그 무시무시한 겨울 아침
순례자 되어
나는 보행을 한다
고향은 어디인가.

편지가 왔다

아들이라고
그날 생채기가
아물지 못하는 아픔으로
사람들이 쓰러진다.

나무 위로
아들이 까르르 웃는다
웃음을 처음 배워본 사람처럼
까르르 나는 웃는다.

내 아들이
이 의자 저 의자 저녁부터 아침까지
옮겨다니며
까르르 까르르 웃는다
나도 정신없이
까르르 까르르거린다
그러나
내 웃음은 소화불량이 되고
배가 아파
나동그라진다.

내 아들이 내게로 온다
자꾸자꾸
까르르 까르르 웃는다.

눕는 방식

스물두 해의 날에는
이적이 있었다.
높게 높게
누이 부시도록 빠른 곧은
눕는 방식을 잊고 있었다.

나의 소리는 무기가 된
무서운 공연스러움에 말려
방모서리에 쭈그리고 앉아
어둠을
낡은 수레를 타고 온 아침을
그리고 붉은 파편이 가슴을 에이는
꿈트림 속에
눕는 사념에 목이 메었다.

자명종 시계의 약속대로
다른 시간을 용서하지 않으며
스무 네 간격을 수호하고
생존을 긴장시켜온 나에게
기쁨이 내리는가 심판의 날인가.

어렸을 때
나는 바르게 눕혀졌다.
어미의 순리대로 아비의 눈깔사탕의 망막대로
소학교 때는
식목일 날에 선생님께서 심은 묘목같이
힘센 바람이 불면 하늘나라에 오를
묘목의 정직처럼
바르게 누워 비상을 기루었다.

그러나
대낮에 누운 이들을 보며
그 낮의 눕는 방식의 편법을 보며
기이한 편리에 넘어져
저항도 없이
흐름 없는 물방울 아픔이 몽치질했다
고교를 졸업하고
허리가 아프다며 느끼고 지나친 소학교
아이들에게 내 키보다
차마 견줄 수 없는 고도의 나무를 보며
술을 배웠다.

술집에서는 너나없이
휘청휘청

삶의 보금자리를 가리며
몸을 의지할
오늘밤 눕는 방식이 구구하다.

신사는 일어나 말하였다
세상은 쉽게 살아야 한다고
긴 잣대를 대어서 누우라고
키만큼 긴 잣대가 없는 이들은
침묵 속으로 기어들어간
눈동자에 핏기만 어리었다
막걸리를 마시던 청년은
위풍이 있다
그는 당당하게 말하였다
잣대는 진보와 보수의
대리인이 되었다고
대리 싸움은 부당한 것이라며
연습할 여가도 없는
바르게 눕는 것은
힘든 일이라 하였다.

구역질을 하며 각혈을 하며
이윽고 그는 누웠다.
난장이가 일어나
말을 이었다

높게 높게
눈이 부시도록 곧게
친구는 누웠다면

약속대로
그날 밤은 어둠이 주춤하였다
이유 없는 노래를 부르며
나는 돌아와
스물두 해 동안이나
누웠던 방식을 생각하며
이부자리를 펼치었다
망망대해 큰물이 넘실대고 있었다.

한번은 당당하게 눕기 위하여
그곳에 물방울이 되어
한 점 구름이 되기를 빌었다.
지워진 선과 흐름 사이에서
눕지 못하고 쪼그리고 앉아서

높게 높게
눈이 부시도록 빠른 곧음의
눕는 미소에
눈물 훔치며.

무제 1

갈수록
싸늘해지는 9월
거리의 가로수는
훌훌 옷을 벗는다.
어인 일인가?

날로 추워지는데
아!
땅을 사랑함이여
땅이 나무를 사랑함이로구나.

아낌없이 벗어놓은
나무들의 옷
낙엽 속에서
작은 씨앗이
포근한 잠을 자며
따스한 봄날의
노오란 연두색 꿈을 꾸고 있다.

아, 나는 이제 알겠노라

발가벗은 몸뚱어리로
땅을 사랑함이여!
땅이 나무를 사랑함이여!

무제 2

푸른들
파란 숲을 헤치고
여기
삭막한 술자리

화자는 없어도
독백은 메아리치더라

마셔도 마셔도
지워지지 않는
상념에 빗질하면
내 마음은
파랑 초록빛

또 한잔
기울이는 잔에
찌그러지는
나의 영상

또 한 차례
꿈을 꾸는
나의 영혼

자유공간 3집

女人아 너의 이름을 부르노라

1984

女人아 너의 이름을 부르노라

김
형
식
|

겨울 生命의 소리가 있다
마른 가지 잎새 위로
新世界가 열린다.

발가벗은 자들의 戰慄과
가난뱅이들의 感性
눈이 초롱한 아이들의 知性이 모여
女人아
너의 이름을
단칸의 自由空間을 爲하여
부르노라.

權威의 외진 곳에서
沒落된 意識에서 펄펄 일어나
이제 純粹圓 속에서
다시금 直立步行을 시작한다.

너의 이름에
기다림에 사랑이 되어
길이 길로 열린다

女人아
女人아
너의 이름을 부르노라

(1981년 2월 11일 자유공간 창립 축시)

84 自畵像

낡은 신문지 조각 위로
빛바랜 눈물을 낸다.
건널목을 서성이는 女人처럼
山모퉁이
저 굽잇길 돌아
첫날을 기다리던
사람들은
새벽이 오고 있는데
囚人들처럼 백합 한 송이
이마에 대고
흐려져 간다.

또 한 번 뒤돌아
江가에 서
그리워지는 이
生은 아직도 부끄러운 것일까
까닭이 나에게는 없다.
나에게 없다.
成長할 作業이 없다.

겨울 산책

섬 찾아가자.
木馬를 타고
붉은 반점 밑으로
간밤 남몰래 피 뿌리던
성대를 가다듬고
바람처럼
혹은 바다같이
뒤척인 상처를 가지고
까르르르
열일곱 봄 찾아 떠난
少女처럼
웃음을 선봉장으로
쓰라린 속병들
옷자락 깊은 곳에 여미고
이미 낯설어져 있는
하늘 밑으로
西海 넘어가는
새되어
그 섬 찾아가자.

3月 日記

아침나절
까치가 울어주지 않는
눈[雪] 뿌리며
바람은 엄동의 추위에
아직 나들이할 채비 없이
山 너머 갇혀 있다고
수선이었는데
初저녁 西山
江물처럼 살아간
山사람의 피 맺히더니
끝내
불 켜진 골목길마다
女人의 속살 드리워
밤비가 내리고
누군가
門 두드린다.

아이들의 旅路

길은 말하지 않는다며
막걸리내음 나는 하늘에 담배연기 뿌리며
열차는
遺産이 없는 늙은 아비와
바다를 찾아간다는 아이들을 태우고
달린다. 길을 물으며
江물은 혈관마저 터뜨리고 신음하는데,

길이 막힌 곳까지 열차는 쉬지 않고 혹사당했다. 칠흑의
동굴 속에서도 외로운 수목 옆에서도 그러나 열차가 30년도
달리지 못하고 멈춘 곳에는 훈훈한 바람이 일었다. 아이들은
모두 다 뛰어나와 시든 풀잎사귀 가슴에 한가득씩 품었다.
늙은 아비는 백합꽃을 안고 있는 손녀에게 위스키와 보드카
를 마시고 闊步하던 머슴들과 머슴들에 쫓기어 붉은 山마루
에 城을 지은 王子의 사연을 이야기했다.

한 아이가 침을 뱉자고 했다.
30년이나 되는 가뭄에 말라가는 꽃잎들에
신명나게 힘을 주자고 했다.
아이들의 입술은 검게 타고

숯으로 變한 아이의 무덤가에
진달래 한 송이
뜨겁게 울었다
장맛비 내리듯이.

Great Hero Ⅲ
-Dylan Thomas를 추모함

그토록 격렬한 방랑은
자궁과 죽음 사이를
오고가는 언어의 해부였는가?
열기 깊은 바람에 시드는 마술사처럼

Su ou erchome, dē--
"네가 가는 것이 아니니…"

내 마음 속 깊은 곳에
내가 아직 남아있어 늘
덜 타오른 심지처럼
희미하게 살아있다
흡사
황갈색의 다 바랜 색을 가진
시들은 풀잎같이
그저 그렇게 황량하였다. 나는

철 지난 철새의 몸부림친 이동이
그 무력하고
아무것도 모르며
몸서리치던 것 같이
바람이 무섭고
배고픔이 두렵고
내 날개에 힘이 들어가고 그렇게도
늘 잠자고 싶어 했었던 것

무언가를 이루겠다며

늘상 동경해도 Gethsemane
우울한 십자가
그 위에서의 한 생명의 각고와
인내
마지막은 죽음
또한 그렇게 불리는 이름
역사적 역사적 역사적으로
이 죽음은 신화가 아닌 역사(Histories)
인간의 죄에 대한 θ의 가장 깊은
사랑의 역사
어찌하면 그렇게도 비참하게
죽이셔야 했나.
⋮

이런 상태로
역사가 진행되고 십자가의
해설이 진행되고 나의 삶이
구속의 역사 속에 포함되고
아무리 설명해도
시간의 흐름에 비해
푯대의 명확성이 높지 않다는 것

아무리 가고 싶어도

아무리 가길 원해도
내 두 다리
내 두 팔
내 두 눈
그런 것들을 가지고는
단 한 발자국도 옮길 수 없는 길인 것을

왜 이다지도 나의 Babel은 쉽사리 무너지는
색 바랜 철새이거나
때 모르고 피어난 풀잎인가
어린 나이에 공사판에서
벽돌을 지며 12층 옥상까지
올라가며 느꼈던 고통
그리고 넘어졌을 때의 허무
왜
이다지 내게는 조그마한 힘도
저장되지 않는 것인가

세월이 지나가고
나의 체념의 꿈이 싹이 트고
계시의 확실성이 높아갈 때
십자가 위에 달리셨던 분께서
미세한 음성으로 하시는 말씀
"네가 가는 것이 아니니…"

그해 가을

적은 비 오시는 캄캄한 날
파란 이마 위에서는 물기가 스며들고
버드나무 가지 크게 흔들린다.

바람은 조금 불고
고독은 강한 Monarch를 몰아세운다
햇님의 금속성의 미소가 칼을 든 자에게

증인들은 모두 도시 속에 숨어사는 박쥐
천재도 바보도 아닌
심판자만이 칼로 그리고 칼로
역사 안에서
역사 안에서

몇 마리 전갈들이 기어간 뒤에
비는 내리고…
촛불들은 제한된 빛을 바라보고
전차들의 engine소리 들리기까지
작게 작게는 탈 수 있었다.

표리
−Chaplin의 껄껄한 웃음을 추도하며

뒤에는
Chaplin의 무성영화가 흐르고
어리석음과 환희
친구 어머니의 쓰러진 소식과
lifeline
열광적인 댄서의 무희
strip보다 적극적 의미로
피를 부르는 허리춤으로
완전한 벗음을 위하여 하루 네 시간의 노력
도약하는 자세의 교차연습
자유롭기 위하여 벗어야 하는 자아(自我)
두툼한 Siberia형의 외투를 겹겹이 잠그고 잠그고

약대옷에 양털로 mask한다.
좀 더 불투명한 색채를 내기 위한 객관적인 사고와
추상적인 몸짓에 official duty
남 벗기는 변태성욕의 video 녹화 기술과
전달 기술 사이의 약간의 착오
벗김과 벗음 사이의 미세한 떨림의 갈등

도선을 타고 감지된 친우의 건재 생존
모든 흐름이 끝나고
탈선 안 된 탈선의 방에 불이 들어오고
The end
Chaplin의 웃음만 남기고
이제 비어있는 무대로
헤어지는 쓸쓸함과 자유함 사이에서
자극하는 고독의 존재
비약해야 할 과제들의 푸닥거리 소리

의지
-광주의 새벽길을 걸으며

하늘에서 별이 떨어지고
달무리가 먹구름 안고 세계 안에 수(繡) 놓습니다.
버들잎을 전율시키는 참매미의 흐느낌
귀뚜라미의 조소로 가득한 잡초 속
거대한 숲 사이 가운데 포도(鋪道)를 먹는 이 이제
사라졌습니다.
흑설탕이 뿌려진 길가 위에서 허리 잘린 개미들
일을 하고 있습니다. 혀가 잘린 개미들
왼눈 감긴 개미들
왼눈 감고 있는 개미들도
살아있기 위하여
살고 있기 위하여 군상들
상흔 입은 자들의 무수한 흔들림과
흔들리는 것들
나는
시야 밖에 있는 산꼭대기를 돼지털로 그리고
Helene 여신(女神)과의 동거를 꿈꾸고
불이 다 내려진 후면
별자리를 떠나는 그림자 하나 나무에 걸리고

쓸쓸함 머무는 거리들

파란별

그 꼭대기 위에

장미가 열리기를 기도하는 목소리들

색채 있는 반항의 몸짓을 지닌

내려오는 것들과 내려온 것들의 거부의 사이

숨쉬기 運動

석
승
징
ㅣ

1. 하낫 둘 口令에 맞춰
　우리는 수많은 숨쉬기 運動을 배웠다
　學校에서 職場에서 軍에서
　헐떡이는 숨을 토해내면서

　모든 運動에
　담을 쌓아두고 경계하는
　나.
　"애들아 다 맞아놓고 이제 비를 그으면 뭐하니?"
　하던 아저씨의 말을 십년이 지난 오늘도 잊을 수는 없다.
　아저씨는 내게 무엇을 요구한 것일까. 運動에 한한 한
　나는 장승박이로 가야만 한다.
　그날도 나는 서울特別市 城東區 金湖洞 一街 山37番地
　高地를 向해 걷는 중이었다.

　歲月이 그립게도 문득 지난 어느 날
　社會가 내게 물었다.
　"숨쉬기는 괜찮으시오?"
　아차
　그래서 나는 숨쉬기 곤란한

이 時代를 느낀다.

청계천 중랑천 왕숙천 모두가
옛 川이 아닌 것을
응봉 매봉도 옛 山이 아닌 것을
山이 높아 都市가 되지 못한 村에서도
바위에 회색 탁함이
이끼 끼고 있는 것을

2. 며칠을 두고 내가 타던
   542 버스를 그린다
   약수를 길으러 山으로 가는 노인네들
   모두를 뒤에 두고 나는
   회색 都市를 向해 돌진을 한다.

3. 나는 지금
   숨쉬기가 싫다
   이런 공기라면 이런 바람이라면
   숨이 막혀 죽는 한이 있더라도
   탁하게 生命을 부지하기를
   거부하고자 한다.

하늘 向한 외침

하늘에 빛이 있었다.
빛은 땅을 비웃고 있었다.
땅은 빛을 부러워하였다.
구름은 땅이 빛을 부러워하는 것이 싫었다.
구름은 그의 나래를 펴서
빛을 가리우고 말았다.
땅은 빛이 없어진 것이 이상했다.
빛이 힘이 없다고 생각했다.
그래서 구름을 찬양했다.
찬양가를 불렀다.
永遠히 버리지 못할 찬송을 불렀다.
구름이 걷혀진 날
빛은 비웃고 있었다.
구름 속에서 太陽은 빛나고 있었으니까
하하하
하늘은 빛마저 비웃고 있었다
나는
하늘도 비웃는다.

비둘기

어린 아이가
낱말을 배우듯이
나는 비둘기를 배운다.
그는 비둘기가
平和라고 했다.
平和엔 먹이가 필요하고
먹지 못한 平和는
청계천변에 늘어선
市場과도 같다고 나는
배우려 한다. 아무도
가르쳐주는 사람이 없다.

상술에 녹아
100원짜리 한산도가
HACKS가 된 오후
헤쳐진 머리카락 사이사이로
보이는 하늘은 맑다.
애틋한 사연 담은
편지가 한 통 날아들면
깨어진 공간 사이로

平和가 움튼다.
태양이 숨 쉬는 아지랑이 사이로
비둘기가 난다.

4月에

아지랑이 아른아른
또 다시 4월은 왔는가

24년 전 그날과
그 후의 오늘까지의 세월은
知者의 가슴에 상처만을 새기며
질기게도 숨을 쉬고 있는데

기나긴 겨울을 보내며
차라리 햇빛마저 없기를
얼마나 간절히 소원하였던가
눈을 감고 눈을
감고
피어나는 아지랑이를 보면서
우리는 어떤
숨을 쉬어야 하는가
잿빛 아스팔트로
자동차는 구르고
들녘에는 아지랑이만이
피어나는 이 季節

가지는 숨을 쉬는가
혁명은 잠을 자는가
깨어있는 것은
아른아른한
記憶뿐인가

편지 제1편

친구야
설움이 받쳐
울지도 못하는 世上
너덜거리며 살자
너덜너덜 살기로 하자

두 곡의 음악

이
철
영
ㅣ

장마전선이 북상했다더니
밤늦도록 비가 내린다
집시의 바이올린
친구의 퇴색한 사랑 얘기는
아름다울 수도
슬플 수도 있지만
결코 퇴색하지 않으리라던 사랑이
어느 날
마치 아무 것도 아니었던 것처럼 돌아섰을 때
이것은 슬픔인가 혹은
아름다움인가

피아노 위를 지나는 여자의 노래
사람들은 술에 취하고
시절 지난 사랑 얘기는
내 가슴을 우울하게 지나가고
우리는 술을 마시며
비에 젖는 바이올린 소리를 들으며
이제는 지나버린
한때의 젊은 날을 그리워한다.

농가의 한낮

호박넝쿨 무성한 토담 너머로
파아란 하늘, 그 속에
흰구름 흐르고
뒤안으로 기적소리 지나가는
시골 농가의 대청마루에서

마당을 가로지른 빨랫줄에
흰옷의 가벼운 나풀거림,
소담한 고추밭 사이 너울대는
흰나비 조고만 날갯짓,
잠자리 나른한 날갯짓 속에
진홍빛 어느 꽃 사이로
바람이 불어 흩날리는 향기 속에

여름은 아기처럼 낮잠을 자고.

지난 겨울의 기억

사람들은 외투 속으로 숨었다
날씨는 따뜻해지지 않았다
사랑하는 이도 없이
그리운 곳도 없이
하나둘 떠나갔다
날씨 같은 쓸쓸함.
가까이 오지 않는 그 막막함
그 속에서 우리는 술을 마셨다
친구들의 이름을 기억해냈다
오랫동안 잊지 않기 위하여

백화점 앞에
사람들이 모여 있었다
철없는 아이들도 웃고 있었다
한 사내가 모자와 선글라스
콧수염을 달고 장갑을 끼고
끼기긱 로봇 흉내를 내었다
진짜 로봇이냐고 물었다
콧김을 내니 가짜라고 그랬다
그래도 아이들은 슬퍼하지 않았다

우리는 눈물이 났다 날씨가 추워서

술장사가 재미를 보리라 했다
떠나는 사람을 위해서
호사한 사람을 위해서
로봇 사내의 아들을 위해서
날씨가 추워서
우리는 술을 마셨다
그래도 추웠다 삼한사온은
거짓말이었다.

3집 편집을 마치며_

지금 모두는 입덧을 하고 있다.

무엇이 그렇게 우리를 숨죽이게 하고 있으며 또 창조할 무엇이 있다는 걸까?

새로운 봄을 그리며 낡은 수레를 굴려가고 있는 우리들. 욕망의 노래가 겨울바다의 파도의 아우성같이 육신을 할퀴고 지나간 흔적으로 시집을 꾸민다.

손영호 군의 詩를 대할 수 없는 아쉬움을 남기며 이철영 군의 향토적인 사실성을 소개한다.

끝으로 여러 면에 성원을 아끼지 않는 임정옥 씨에게 감사드린다.

-1984년 10월

자유공간 4집

살아남기

1986

자유공간 4집을 발간하며_

인류의 삶이 노동에 의하여 진행되어 왔으며, 노동의 가치는 한 개인의 행위로서 자신의 범주에 머무르지 않고 전체로서의 삶과 어우러질 때, 비로소 역사의 주체로 간주될 수 있다. 따라서 인류의 정신적 노동의 중요한 산물인 문학은 利己(ego)를 떠나 공동체적 삶과 호흡을 같이 하여야 하는 것이다.

즉 우리의 삶을 흐리게 하는 수많은 존재적, 상황적 문제들을 정서로써 고발하고 순화하며 극복할 수 있는 힘을 시대에 바쳐야 하는 것이다. 시인의 삶은 우리 시대, 삶의 의지와 동체화 할 수 있도록 끊임없이 노력해야 하며, 또한 그러한 삶의 의지를 구현할 수 있게 모순을 제거하며 흔들려야 하는 것이다.

이러한 시인의 삶의 십자가를 지고 고독한 수행자가 되어 시대 양심의 일원으로서 참여하기를 맹서한 1981년 2월 11일 자유공간 창립이 벌써 5년이 지났다. 그동안 3집까지의 동인지를 출간하면서 우리 모두는 실천만이 유일의 방법인 시인의 삶을 안고 고통해 왔으며 그러한 고통의 결과가 우리의 작품 속에 어떻게 내재해 있는지에 관하여 부끄러움이 앞을 가린다.

84년 10월 3집을 출간하며, 다시금 다짐했던 많은 난제에 대한 순교적 자세는 오늘에 이르러 전혀 실천되지 못하고 삶의 울분만 남아 다시금 내일을 조심스럽게 기약하면서 '살아남기'를 선택하였다.

이러한 '살아남기'는 우리 시대의 囚人으로서의 삶의 선택이며, 따라서 우리 시대의 죄가에 대한 복역을 성실히 하겠다는 재다짐이기도 하다. '살아남기'의 선택이 내일, 우리 내부에서 힘의 상실로 붕괴할지라도 삶의 현주소는 바로 오늘이 現場에 있다고 믿으면서 파편들만이 남은 우리의 날개를 손질하며 우리 詩의 방향을 설정해본다. 공동체적 삶으로서 역할, 불의에 대한 증오, 순수 회복, 약자들의 삶에 대한 옹호와 사랑, 통일 지향 등이 우리에게는 아직도 숙제처럼 남아 있다.

-1986년 2월

살아남기

겨울잠을 자는 동안
여름이 해일처럼 밀려와
모두의 가슴은
견디기 힘든 나태로 가득 차고

갈 곳이 없는 우리는
메마른 풀잎에 물을 주면서
노숙의 자리에서
꿈을 꾸었다
문학은 존재를 확인할 수 없는
환영 속으로 흘러갔지만
골라서 골라서 썼던 우리의
못자리는
확신 속에서
태아를 기다리고 있다

고동치는 태아의
숨소리를 느끼며
우리의 생각을 닮은 아이의
건강한 탄생을 위하여

그 가치를 위하여
살아남기를 선택하였고

이제는
살아남기 위하여
거리로 나서야 한다.
겨울 생명의 맥박은
여름이 몰고 온 추위를
걷어내고 뛰어야 한다

살아남기는
절대의 투혼이 되어
앙상한 믿음에 소망으로 남는다.

술 마시는 사람들

단풍 어우러진 관악산에 첫눈이 쌓이고, 땅거미.

해거름이 훨씬 지나서 잿빛 하늘 아래 도시가 토해놓은 쉰내 나는 사람들은 제 집을 찾아서 지하철을 탄다.

흔들흔들 불어나는 외채, 흔들흔들 밀려오는 신군국주의 되새기면서 옆에 선 겨레의 손목에 반짝이는 CASIO시계 무서워, 무서워 거리에는 4,000원 하는 수출용 앨범이 찢어진 깃발처럼 나부끼고 동네 어귀엔 군고구마가 등장하였다.

형제들이 모여 앉은 포장집에는 세파 겪지 못한 20대 젊은 주인. 따라주는 술잔 속에 달이 지고, 별이 지고 헤어진 가족들 안부가 그리워 주인장 여기 소주 한 병 주구려.

편지 제2편
- 낡은 유행가

누이야
거침없는 전파가
쓰라린 시절, 메마른 기억의
노래를, 반성도 없이
퍼뜨리고 있구나
이 땅의 禽獸를 위하여
동토에서는
힘없는 겨레의 가슴에
총부리가 박히는데
구구절절 흐름에 젖어
정신을 침잠시키던 바로
그 노래가 지금도
방방곡곡 흐르고 있구나

누이야
사람은 세 살 적의 기억을
하지 못하는가
초점 잃은 이 시대는
우리의 손으로
뭐라고 증언되어야 옳으냐
너와 나
우리의 손으로

남태령의 낮과 밤

-낮
우리의 시각은 교정되어야 한다
또다시 서울로 가는 나그네처럼
반전된 역사의 흐름에
억눌린 남태령은 무섭기만 하다
홍수처럼 자동차가 구르고
햇빛 받아 찬란하던 관악
아
남태령에 눈이 내린다

-밤
설백의 고갯길에
맥박 멈춘 시체들이 즐비하다
숨 쉴 수 있는 생명은
아름다워라
염화칼슘 강력한 화학반응도
하늘로부터 내리는
우리의 욕구를 이기지 못하고
얼어붙었다
밤이 낮보다 밝다

역으로 흐르는 세월에

계엄령처럼

눈이 내린다

Spativm interjectum

자, 우리 말을 끊읍시다
드보르작의 교향곡 9번이 끝날 때까지
그리고 다시 말해봅시다
대장장이의 아들이 시인이 되고
정육점 집 딸이 공주가 되는 동화를

글쎄 어린아이들이 좋아할까요?

혁명 직후의 아이의 탄생을
"너희 엄마는 간부였고, 너의 아빠는
적군의 손에 의해 개처럼 끌려가서 너의
참 애비는 누구인지도 모른 채 네가 태어났다"고 하는
글쎄요 그림의 동화나
안데르센이면 거 있잖아요 미운오리새끼가
백조가 된다고 하는 혹시 인어공주라면 모르죠
그러면 우리 말을 끊읍시다
우리는 우리 아이와의 굽힐 수 없는
간격이 있는 것으로 해둡시다
글쎄 우리가 그런다고 구멍이 좁아지겠어요?
세월이 가면
갈수록 구멍은 바람을 더 크게 새도록 하는데

0제

양극의 시대에
온후의 조짐이 보이고
바다와 하늘이 맞붙은 곳에서부터
외로움이 출렁이고
내려온 해를 따라 서쪽으로 서쪽으로
천국으로
계단을 밟아가는 엔진의 미약한 소리
"몇 명의 사공이 있어야 하늘에 오를 수 있나"

말씀과 떡 사이의 긴장관계
근육은 이완되고 대상과 적응되는
시점으로부터 동공은 경련 일고
문을
두드리는 이의 적확한 박자 연습과 작곡
리듬 감각이 둔한 문지기의 암호 해독의
어려움 '이코노믹 애니멀'의 노래를 열창하게 되는
비애

이중의 시민권이 주는 난제가 2/4 박자의
빠른 춤곡에 실려 나간다

"알 – 톤세 – 메론*"
알 – 톤세 – 메론"
스트라이크를 일으키는 한 노동자처럼
피켓에 내건 슬로건과의 일치. 너의
연주와

천국을 향하여 가는
천국을 향하여 가는 긴장 완화의 방법은
여행경비 절약을 위한 시간의 단축
까맣게 그을린 백구의 털처럼
– 살까지 탈지 모르지만?

---

* 알톤세메론: '일용할 양식'

저기 해가 떠오른다

여기에 해가 온다
오늘도 처음 생성될 때와 같이
외롭고 차가운 해가 이 땅의 빛 내림을 위하여
冬將의 계절인데도
가슴 스리는 날들인데도

모두들
손이 시퍼렇게 시려서
불타는 산림 사이로
가랑이 사이로
내밀 수밖에 없는 빈손들인데도

하얀 절망의 심연
세상이 비고
손도 비어버린

고개 못 숙이는 이들을 위해
쓸쓸한 해가 빛의 소리를 낸다
자유 언어를 불온화하는 빙벽이
둘러친 곳에서도 지금까지

팔이 길었던 자들 목이 높았던 자들 눈이 좋았던 자들 자
들이 나를 향해 펼치는, 가슴 막히는

신음소리와 야유가

혀가 짧은 이의 답답함보다

우선이라는 본능의 생각

그 만족은

영원한 향수에의 간직이 될 것을

오늘도

해는 저기서 떠오르고 그 해를

볼 때마다 아픈 마음은 옹어리지고

통치자의 입김에도 가리워지지 않는

시점은

해에게는 열이 있다는 것

하얀 깃털을 발모시키는

사랑의 그림과 사랑의 사진

아버지께서
아들을 죽이셨던 그 자리에서
사랑의 형체는 개화되고,
모리아보다 더 비참하게
겟세마네라는 어의는
골고다보다는 조금은 미끄럽게 들려도
사랑은
바람보다 쉽게 다가오지 못했다
그림으로는
모든 색상 배열이 비운하여
세례 시 보였던 환상보다
더욱 인상 깊은 암울한 빛의 십자가
시대의 모든 악습과
가장 잔인한 유희 속에서도
조롱찬 독설조차도 함묵시키는
그 기다란 위엄은 끊임없이
내려온다
Dynamite!
potentia liberari
Eden보다 더 좋은 孤島에서

가장 자유롭게 생각할 수 있을 때
시대의 유행어로
사랑이라는 말의 재생
그것은 대속이므로
시간의 흐름과 일치하여
아버지의 뜻에 의한 정지

---

* 이 시는 출간시 편집 오류로 원문 일부가 **빠**졌으나 김종인이 사망하여 바로잡지
못하였다.

혼자 있는 나무

겨울나무 하나
벗고 벗어지는 모습이
난처로워 가지의 맨 끝을 벌려
봄볕을 불러온다
이
흔들림의 깊이
미묘함은
먼지의 운동에 영향을 준다
대기를 변모시키는

Sad Love

사랑은 벗어야 하는데
해독 못할 암호를 가지고
자꾸만
몸으로만 말하려 한다
육과 육 사이는 영과 육의
긴장처럼 열기 오르고 양모의
미묘한 마찰은 정전기를 일으킨다
오월에
장화를 신은 군인은
긴 혀로 땅 밑을 핥으면서
한강을 건너고
물과 땅이 주고받는 교신을 감지하듯이
시간은
강물에 투영되고
나무들은 서서히 drowning to death
역사에서
관계가 없는 남자가 관계를 가진 여자와
관계가 없는 여자와 관계하려 할 때처럼
자꾸만
힘으로만 말하려 한다

여자를 알기 위해서
비를 맞는 대지의 신축성을
포착하여야 하는데

당신과 살기 위하여

당신과 살기 위하여 나는
날개를 키우겠습니다
물을 주며
언어를 주며 연약한 두 손을
가꾸겠습니다
수평으로
서는 법과 빨리 달리는
법도 배우겠습니다
더욱 더
내 힘센 다리가 당신을
놓지 않도록 깃털이
솟아나고 자라고 비행 감각이
있기까지
연습하겠습니다
당신과 날기 위하여 나는
개혁가가 되겠습니다
행동하는 양심으로
기발한 사고
예민한 탐구안으로 Olympos를
바라보며

Avant-garde 내 날개가
당신을 감쌀 수 있기까지 부단히
비약하겠습니다

청파동 일기

어둠이 우리에게 내려와
수많은 무지개를 꿈꾸려 한다
애굽이 하마 같은 입을 하고
앗수르의 몽둥이는 싹을 낸다
구름이 보이는 곳으로 하늘이
빛이 되는 곳으로, 늘상
앞에 선 자의 위험은
식욕. 몸무게의 진보를 나타내는,
빈손의 기쁨을 우상 제물로 드리는
열성으로 덮을 것 없는 죽음과
Calcium의 낭비
등 뒤에 놓인 자들의 얼굴 없는 얼굴들
바벨론의 군마가 휩쓸기까지
우리는
무릎으로 살아야 한다 여호와 닛시를
목이 쉬도록 외치거나
Masochistic Gomer
對神의 죄악으로 죽거나
남은 그루터기로
발가벗긴 날들을

노래하여야 한다. 우리는
무반주 cello 弔哭에 맞추어
동방에
의인이 많은 나라에 너무도
많은 시간 동안의 상향된 흰자위
하여, 목이 굳어져 숙이지 못하는 자들
聖衣 끝에 사욕을 단 자들 그
위엄찬 눈동자에는 서슬 퍼런
눈꼬리. 수많은 별들로 분산되어
버리는 동이 트기 전에
울부짖음과 한탄의 열정은
소리로만 남는 정의. 갈릴리로
갈릴리로. 우리는 그렇게…
시냇가에 심긴 푸른 정신으로
개시와 행동의 연속성을 묵상하고
묵상하고 묵상해도 아!
밀려드는 공허
기와로 헌데를 긁는 것 같은
수년 내에 부응하기 위하여
수년 내에 망해야 하리
무화과나무가 시들어야 하리
감람나무의 소출도 없어야 하리
밭에 식물도

외양간에 송아지도

不純 속에 열심도 없어야 하리

그리고

십자가 밑에서

십자가 밑에서

가리워져야 하리. 自己들이

보게 되리 항아리

깨지고 횃불이 타는 것을 나팔소리로

어둠이 걷히는 것을 유형지에서

살아있는 자들의 귀환을…

헌신하는 식자들의 두 손을

보게 되리 조금씩 아주

조금씩 세워지는 여호와의

깃발을

눈[雪]

김
형
식
|

1.
눈은 먼지처럼 나린다
1986년 정월
동네 어귀에
부리 잃은 소리개 한 마리
번쩍이는데
사랑을 배우러
누이는 떠나고
느티나무의 흔들림 되어
눈은 나부낀다.

포탄처럼 나린다
눈은
청계천으로
영산강으로
김제 들녘의 땅 잃은 農軍의 血脈 속으로
거칠게 거칠게
말뚝처럼 박히고
엄동의 계절에 찢기어
광화문 기둥

한강의 반만년 흐름의 고통 위, 길게
눈은 사지를 뻗고
눕는다.

2.
눈은
나리는 것을 거부한다
혈혈단신의 몸으로
내 나라 長丞의 가슴속
눈물로 맺히어
광장에서 진창으로 밟히고
진달래 향기로
목련 지는 순교의 망울로
눈은 흐른다.

눈은
쓰러져 地下에 갇히고
오늘 돌아갈 수 없으나
삼천리 방방곡곡
구름 한 점 없는 맑은 하늘로
비상의 날을
눈은 꿈꾼다.

3.
눈은
歸巢의 本能마저 잃은
하강을 거부하며
언제나
純白의 깃발로
나부낀다.

문 앞에 서서

門은 열리려 하는데
힘을 모은 손등이
어딘지 낯설은 것은
이미 나의 손이 아닌 탓일까

포성이 멎고 어둠이
늑골까지 내리어
시린 한줌 흙 가까이 누워 있는데
풀섶 스치는 바람의 欲情은
흐느끼는가 무엇이 욕되어

터질 듯 아픈 가슴
그러나 어느 누구도 쓰러질 수 없다는데
어둠은 자꾸 자꾸
보채기만 한다.

산다는 것이
내 앞에서 가난한 서성임이 되고
나의 누운 자세는
무엇이 남사스러워 뒤척이는가

門은 門은
열리려 하는데

해변에서

쉼 없이, 물결은
바람에 悲鳴을 내며
신음을 하고 있다
바르게 바르게 일렁이지 못하고
쓰러져 있다
머어언 水平線
오늘, 그 배는 오지 않고

바람은 어디로 가나
山川草木을 흔들어대고 어디로 갔나
무너진 외침만이 남아
넘실거리는 물결 위에는
왜 이리 성큼 눈물만 나리고
純白의 깃발을 날리며
돌아온다던 사람들은
ISM의 바퀴 밑으로
어느 無人島에 표류하여
흐느끼고 있는가

안개에 쌓인 섬 사이를 지나
돌아올 새벽
길은 먼데

갈매기 외로이
꺼억 꺼 - 억
부두에서 人夫들의
뜻 모를 노랫소리 들리고

樹木日記

1.
팔다리가 끊어져갔다
시베리아 型의 기압에
혈관이 얼고
혹은 四肢를 잃은 채
새로운 봄을 그려야 했다.

머리마저 잘리어 나가야 했다.
녹슨 鐵路 곁에
海溢처럼 다가올
鐵馬를 기다리며
아픈 허리를 전흔이 덮인
休戰線에 세우고
핏발 성긴 눈을 치켜올리던, 親舊는
사라진 共和國의 斷髮令에
머리까지 잘리어
내 나라 온 江山
흩날리는 넋이 되어
잠 못 이루었다.

언제나
三千里 江山의
里程이 되고자, 한 길 위에서
먼지에 덮인 팔을
자랑처럼 하늘 높이 솟구친, 兄님은
뿌리마저 뽑히어 갔다.

흙갈이를 한다며
화사하게 단장을 한다며
밑둥까지 뽑히고
나무라 하며 웃자란
하루살이 꽃들이 만발한 山川을 뒤로
바다에 던져져야 했다

2.
그날 以後
바다는 말이 없었다
항구는 파도를 기다리다가
失語症을 보이고
드디어는
온 나라에 말은 사라져
수척해갔다.

3.

어느 새벽

골목길을 돌아서 온 소리가 있었다.

몸통만이 남아 떠도는 魂으로

썩은 아랫도리 들추며

새순 돋우는 고통이

들리는 듯했다

침묵하는 바다에서.

자꾸만 흔들거려

손
영
호
|

생일을 축하한다며
보내온 시집
자유가 그대의 자유를 위하여
전해준 시집
어찌 보면 철창 속 기린 같고
어찌 보면 바다 건너 시인 누구 같고
흔들흔들 도날드 머리처럼
자꾸만 탄생과 사랑과 자유가
흔들거려.

딸을 잡아라

1.
일찍 일어나
잠 못 자고 밥 못 먹고
산꼭대기 교회에 올라가
엎어져 기도해도 해결은커녕
흥, 나빠지는 기도

가출한 딸년은커녕
찬바람만 분다.

2.
텃밭에 내린 햇빛이
내방으로 기어와 하는 말
일찍 일어나
가출한 딸을 잡아라.

저기로 뛰어도 여름은 오지 않는다

1.

저기 남자가 도망간다.

골목을 지나 어두운 숲으로

도망가 봐야 벼룩이지

갑자기 앞길을 막는 나 자신

흰 마스크, 흰 장갑의 나를 닮은 다섯 사내

2.

꿈이었는데, 토정비결대로라면

좋겠네.

육교 밑 먼지투성이

할아버지의 말대로라면

그러나 여름은 올까

슬픈 똥

1.
베니어합판으로 만든 변소
산 자가 멀뚱거리는 캄캄한 관속
내 똥처럼 생긴 똥이
널려있는 고장 난 변소
흘러가지 못하고 그냥 누워있는 똥

2.
우리들의 똥은 어디로 흘러가
어떤 세상에서 모이나
거대한 똥의 반죽은 향기를 풍기며
날아갈 수 있나 없나

이제는 그만

1.
지금은 무너짐을 배울 때
아무리 열을 올려도
생은 넘어지리.
절망은 절망으로
파멸은 파멸로 가리.

2.
시가 돈이냐 화투냐
축 몰이에 걸렸다
빨리 기차를 갈아타라
혜화동에서 화곡동까지
어둠에서 어둠으로
도대체 그대는 빙글빙글
언제까지 놀아날 것이냐

이제 그만 문을 열고
날 기다리시는 이에게 가자.

4집 편집을 마치며_

우리들의 시가 모여 힘이
되었으면 좋겠다.
아름다운 힘, 현실 극복의 힘.
우리는 한국인이고 청년이다.
각기 다르지만 서로 닮은 모습이 많다.
우리는 시로서 하나가 되고 싶다.
이웃과 사회와 조국과 함께.
이번을 계기로 더욱 사랑하리라.
우리 모두와 내 나라를.

정열을 가지고 슬기롭게 노력할 뿐.

-1986년 2월 16일 일요일, 혜화동에서

자유공간 5집

鬪士
1986

자유공간 5집을 발간하며_

투사를 위한다.

우리 문화의 어떤 영역보다도 詩는 다양하면서도 복잡하게 얽혀 있으며, 정체되어 있고, 현재도 총체적으로 해결해낼수 있는 방법론은 실천되지 못하고 있다. 다만, 혼란된 현실속에서 인간의 삶과 그 존재방식에 대한 회의와 저항이 문학의 주된 내용을 이루어왔으나 변질되는 정치, 경제현실에 따라 그 방향이 문학 外的인 이슈(issue)에 주목되고 있는 실정이다. 문학이 민주화를 궁극적 목표로 대동하며 기존 문학장치의 제반 요건에 충격파를 가하고 '올바른 정거장을 향하여' 전진하고는 있으나 문학 본래의 전문성에 대한 외면과문학의 심미적 가치에 대한 애정결핍 등 논리적 붕괴성을 지님으로써 실추되는 면모를 보이고 있음이 또한 현실이다.

자유공간의 확장을 위하여 화합한 '자유공간 동인'은 창립(1981년 2월 11일) 이후 여러 면에서 비판적 반성을 하면서새로운 방향을 모색한 결과, 공동체적 삶의 당위성에 따른양심적 외침과 실천 경험을 토대로 비인간화, 비민주화의 문제들을 운동정서로써 강력하게 고발하고 생산적인 우리 문학 창출에 일익을 담당할 것을 다짐했다.

역사와 현실을 외면한 순수문학이란 하나의 관념에 지나지 않으므로 역사현실에 대한 적극적인 참여문제가 우리의새로운 의식을 일깨워주게 되는 것이다. 이러한 우리의 문학이 삶의 중심에서 문학 자체의 전통과 본래성을 이어갈 수 있도록 하기 위해서는 다양성, 포괄성 위에서만 이루어질 수 있다고 믿는 것이 솔직한 고백이다. 이 땅에 진정한 '언론·출판·집회·결사의 자유와 예술의 자유'가 확보되어야 한다는 것, 그리고 자유공간 5집의 전체적인 방향이 궁극적으로는 실천으로 연결되었을 때 의미를 갖게 된다는 것은 더 말할 나위도 없겠다.

오늘날 우리가 목소리 높여 외친 '통일 지향, 분단 상황 의식, 왜곡된 역사에 대한 분노, 힘없는 이웃에 대한 사랑과 공동체 의식, 문화적 헤게모니(hegemonie)의 타파' 등이 어떤 혁명이나 어떤 정치력으로 이루어지기보다는 점진적 형성과 극복으로 다가갈 수 있도록 장기적으로 '우리의 투사의식(鬪士意識)'을 성숙시켜야 할 것이다. 따라서 '우리의 투사의식'은 다양하고 복잡한 모순구조 속에서 모순 해결의 한 실천 양식으로 주체적이며 민중적인 언어로 회복해야 할 이 자리, 이 마당에 서있는 것이다.

-1986년 9월

빗속에서
-고독한 영웅의 노래

빗속에서 들리는 리듬은 G선의 아리아 물 분자들은 아우성치며 흘러가고 우수에 잠긴 하늘 수분의 역류 현상 베인 자들이 모여 삭모를 흔들고 머리가 빈자들 모여 힘없음을 노래한다. 병약한 마음이 든 자들은 흔들거린다. 두 손에 오직 곡괭이와 삽만을 가지고 태양을 찾는 이들은 발걸음이 격해지고 오늘도 Spider의 후손답게 물레질하는 소녀들은 새 나라의 토성을 쌓는 장인들. 강물로도 흘려보낼 수 없는 피와 쇠붙이 맞닿아 내는 격음소리 들려오고 변절자의 신음이 다가오면 빗속에서 걸어가는 영웅은 Fuga Gm 개구리의 합창 소리 저 먼 뒤편에서 울려 퍼지고, 개임. 맑은 훈풍이 불고 영웅은 무대 뒤에서 가느다란 손가락 사이로 새어나가는 한숨 같은 연기. Monologue.

"한때는 내게도 박수소리 요란했었는데…"

Curtain

다른 방법은?

0기여!
나는 너를 죽이는 법을 알고 있다
그리고 비겁하게도 뒤로 돌아가서
너의 숨통을 쥐고 쓰러뜨리는
방법도 알고 있다
미안하지만 너의 기 꺾는 방법이
저조한 것도 안다. 나는
새벽이면 늘 덜 푸른 정신으로
다가와서 내 시야를 흐려놓는
너여! H와의 접촉이
그토록 너를 강하게 하는 줄
내 어이 몰랐을까? 고도에
살고파라 너와
여인을 가지고 매일 힘에
부친 시도로써 의식의
깨어있음을 잠기게 하여
감기 걸린 자들
가슴 빈 자들
허리에 통증을 느끼며 사거리를
건너는 자들 반듯한 히프를 접시로만

가꾸는 자들 그리고
발바닥이 앙상한 자들에게
아픔밖에 박힌 것이 없는
머리를 선물로 드리며

다른 방법이 없을까
0기여! 너의 확산을 막는 길을
좌측통행 외에는 안 되는 것일까
팝콘을 먹으며 눈을 부릅뜨고
뛰어가는 도모 외에는
폐쇄된 길 속에서 걸음이
멈출 때까지 눈물 흘리며
사정하는 눈물 성대에는 어우러지는 신음소리
노 - 완트
노 - 완트
정말 이것 외에는 없는 것일까

유형지에서

세뇌된 시간이 그리움을 앗아가고
목 쉰 오리의 깔깔한 울부짖음이
요녀의 호리는 언어로, 때로는
비명으로 들려온다.
앞발 치켜든 돼지의 갈라진 굽이
허공에서 흐느적거린다.
이성 잃은 여성의 방황의 유희가
가득한 이곳에서
나의 할 일이란 연두 빛 가득한 공기를
풀어지는 노오란 대지로 추락시키는 일
핑크 빛 꽃무늬가 그려진 Pants를
별자리 순으로 수집하며 사막의 건강한
삶에게 선물하는 일
벌거벗은 짐승에게 비를 내리는 일
저들의 청결을 위하여
저들의 청결을 위하여
汚辱이 가득한 이곳에서
나의 할 일이란
다람쥐들의 막힌 오줌을 해소시키는 일
불평 많은 Monkey의 모이를 던져주는 일

흔들리는 무대를 slow tempo로
돌려주는 일
잘 흐르게 하기 위하여
잘 흐르게 하기 위하여
욕심 많은 기계의 무지함에 대한
나의 변태는 비둘기의 복근을
약하게 하고
위장을 크게 만드는 일
날아가는 새의 꼬리에 불을 다는 일
그러나 수치심이 깊은 이곳에서
나의 진정한 탈출은 오직
詩心을 키우는 일
詩心을 키우는 일

그 누가 칼이 되어

우리 허리에 박힌 반 生의 한탄을
뽑아 주리오 우리 눈에 눈물 흐르게
한 者의 눈을 뽑아 주리오
아직도 건너 산에는 山불이 한창인데
그 누가 칼이 되어 산은 산대로
불은 불대로 갈라 주리오 사람들
모두들 제 길대로 가라고 하시오 一光으로
심장을 나누어 호흡 없는 자에게
주고 뜨거운 가슴도 한 사발로 퍼주고,
지방 낀 간도 잘라서 눈 어둔 자에게
주고
갈라 주시오 自由없는 異見만 있으니
너는 이리로 가다가 오른쪽으로
꺾어져 Building 중앙에 서고 너는
저리로 가다가 돌아서서 오줌 한번
갈기고 물 잘 빠지는 모래 양지에 서있는
초막집으로 가거라 그리고 너는 너대로
저리로…
그 누가 칼이 되어 거리의 핏기 없는
방향타들을 잘라 주리오

그 누가 신(神)검이 되어
우리를 이제까지 베던 자들을
베이게 해주리오
우리의 길은 하나인데
아직도 건너 산은 불에 타고 있고
불은 산을 태우고 있는데 그 누가
水검이 되어 산은 산대로
불은 불대로 갈라 주리오
사람들 산 사이로 불 사이로
가라고 하시오
모두의 손에 장도를 들려주고서
달이 물속에서 잘리듯이
잘리듯이

어떤 날

10년 이상 쓰시던 아버지의 재봉틀이 집에 들어오던 날 아버지의 얼굴에선 물결이 일고, 귓가에는 새들이 날아들어 짖는다. 시간 소리보다 더 퍼덕거리며 어머니의 얼굴에는 장풍이 일고, 낙엽 지는 속도보다 더 빠르게 굴러가는 돈.

이 옷은 철영이한테 맞을까? 재단상으로는 종인이 침대를 만들지. 이제 우리는 부자야. 무엇이든 두 개씩 있으니까. 내일 아침 기온은 어떨까? 일찍 자고 일찍 일어날까? 경제의 기상대는 똑같은 낱말만을 나열하고, 얼굴이 두 개로 보이는 거울에선 이상이 이상하게 보이고.

제목 없음

저 옆쪽에 보이는 미색의 18층 빌딩 왼쪽으로 돌아가면 문이 있어요. 그리로 초록색들 사이로 들어가면 있어요. 계단 우측으로! 어쩌면 저이는 내 마음을 알고 있는 것인가? 이 시대에도 배설의 장소는 있다는 것일까?

He - Man

너의 인사말이 들리자
서울을 벗어나는 유령이 보이고
힘겹게 움직이는 의자가 보이고
레일의 요동함이 감지된다

너의 인사말이 들리자
눈꺼풀이 무거워지는 소리
들리고 왕성한 식욕의 끝없는
고통이 보인다. 왕족들의 몰락

너의 인사말이 들리자
바다모래의 쌈박질 소리 들리고
허공을 나는 손수건의 습기가 보인다.
계란껍질.

너의 인사말이 들리자
밤고구마 같은 구름은 헤엄을 치며
20년 전의 유행가소리 들린다.
진로

너의 인사말이 들리자
굴착기에 뚫린 tunnel이 보이고
쏜살같이 달리는 기차소리 들린다.

너의 인사말이 들리자
지구가 도는 소리 들리고
너의 인사말이 들리자
지구가 돌아오는 소리 들린다
너의 인사말이 들리자
너의 인사말이 들린다.

자본주의에서의 머니

마마가 자신의 아들에게 무엇을 원하는지
알고 있어?
그것은 아들이 마마에게 원하는 것과
똑같은 것이지.

ES

편지쓰기

실상

실성

실망

S

서울에서 생각하는

사람 서운함이 서려 있고

에스

사랑한다 사랑

소리 속으로 흘러나오는

사막 같은 애정

오늘의 암호 사실 : 신문

살구 : 시골(이 나라는 진실과 부를 어느 정도 소유했을까?)

내일은 상서

하나님

결혼을 축하합니다 보이시죠 교회

Curtain 밖으로 서글픈 눈물 흘리는

하늘 서서히 사라져가는 것

Spoon, 사라져간다

소명 : 사명 더

소박맞아 갈 곳은

사망 : 사멸 수상한 보리밥에

상처 입고

새파란 사랑하는 아우야

Sigh

석승(石僧) 손 건강히

Scient Fixion 숨겨둔

소시지가 썩겠네

실상(實像)

실성(失性)

실망(失望)

파수하기

파수하기

새장 속의 사람들

下校길에 아이는 한 마리 잉꼬를 잡는 幸運을 얻었고, 울 밖으로 나온 개나리 한 줄기 꺾으며 꺾꽂이를 꿈꾸었지. 소녀가 어데 살고 있는지는 전혀 몰랐어.

잉꼬는 또 다른 잉꼬를 불러와 아이는 죽어버린 개나리를 보면서도 두 마리의 새를 키우는 풍요 속에서 하루하루 자라났어.

20여 년 전의 혁명은 추접스레 내리는 빗물 속에, 혹은 잠든 소녀의 머리맡에 낯선 時代의 이야기를 잠자듯 늘어놓았지. 진달래가 덮은 山川에 봄날의 햇볕도 옷 벗는 여배우처럼 부끄럽지 않았어.

그때 통일은 멀었어.

그랬지 統一은 없었어. 겨울이 되었을 때 좌절한 아이의 손아귀를 떠나 새들은 비상을 하였지만, 저녁나절 도착한 號外는 자살한 암놈과 바람난 수놈의 서글픈 이별뿐 침묵이었지. 달콤한 사랑이 빼앗아 가버린 자유는 돌아올 줄 모르고 아이는 생존을 배웠어.

또 다른 새들이 잠든 아이에게로 다가왔을 때 먼 나라 동화책을 무릎 위에 얹고 소녀마저 흔들의자 깊은 곳에서 눈을 돌리지 않았지. 새들은 새장의 문을 열고 잠든 아이와 소녀를 집어넣고는 모이를 주었어.

두 사람의 입맞춤과 사랑과 생명의 탄생을 바라보면서 새들은 흐뭇하겠지.

아니 그랬어.

그리고 지금까지

진달래 山川엔 추접스런 비만 내리고 있는 거야.

호흡정지

모래바람 날리고 지나간
4월이, 말 못하는 가슴속
찢어진 아픔으로 남아
오늘,
악수하는 사진을 보면서
戰士처럼 친구는 떠나고
빈자리엔 바람.
몸부림치는 삶의 애증이
체증되어 가라앉을 때
말 못하는 사랑은
소음 속에서 숨을 몰아쉬고
찌들은 가난이 서러워
골목마다 때 낀 술잔
입에서 입으로
부끄럽지 않느냐
나의 목소리 너의
숨소리는
기관지천식이 되어
헐떡이고 있다.

意味 찾기

달리기를 못했다.
체육시간 괴로웠다.
아는가 아이들의 유희
유인 섞인 달리기
나는 천재적이었다.

Sixteen에 흙칠을 했다.
얼굴엔 검정을 묻혔다.
보호색 없는 人間
개구리가 부러웠다.

저녁 신문
금싸라기 땅 슬그머니 사들여
벼락 부자된 三寸의 얘긴 대서특필되고
구석자리 조용히
찢어진 옷자락, 사랑 찾아 나선
順伊.

구린 얼굴 빛 재주 좋은 손놀림
덧없는 부풀음에 가슴 조이고

사람들은
혹은 지하철 정거장
혹은 Bus정류장에서
담배에 불을 붙이고
웃고 서있다.

지하철 정거장에서

그리운 사람을 찾기로 했지
느끼지 못하는 봄바람
땅 위로 흐를 때
앙가슴 깊이로 낯모르는
투박한 손 파고들면
돌아가야 해 그리운 사람 곁으로
짜증나는 세월 보기 싫어서
숨어야 하지.
노래하던 동무들 어디로 갔나
유난스레 눈물 많던
우리들의 시절은
안개 속으로 기억처럼
스며들었지
신문을 읽어야 하지
무섭도록 과거가
새 살 되어 솟아나오기 전에
그렇지
졸지는 말아야 하지.

편지 제3편
-匕首처럼 살기

혹은 外地에서
혹은 겨울날 뜨거운 가슴 속에서
우리는 찬란히 일어나리라
들풀의 억센 향기를 맡으며
꿈꿔온 자유의 추락은
동상이몽 되어 치닫지만
타는 가슴 승리의 확신은
史家들의 손에선 정리되리라
여인이여
파문처럼
보릿고개 부끄러운 기억들이
새싹 되어 돋는 저녁
난무하는 죽음의
論理들이
쏟아지는 아침
여인이여 확신하노니
그 옛날
그대들 정신을 지키던 은장도처럼
그렇게 우리는
匕首처럼 살아야 하리라.

장마

바람이 성난 파도처럼 불고 있다.
부안의 하늘에도
그럴 것이다

먹구름 몰려오는
하늘에서 비가 나리면
헤어짐이 서러움을
어쩌랴
어쩌랴 우리의 運命을
그날도 바람이, 비가 하늘을
덮고 있었음을

저주처럼 비가 내리면
남들처럼 4차 5차 술을 마시고
통금처럼 사라진
이 시대의 윤리를 위하여
우리 가야 할 길을 찾는다.

여전히 파도처럼
바람이 일렁이고

화양리, 노숙의 밤을 지키는
친구의 恨을 위하여
이제는 장마처럼
술잔을 들자

껄껄하게

그날을 잊지 못할 거야
스물한 살 시절
훈련되지 못한 市民들의
만장일치
그날을 잊지 못할 거야
껄껄하던 막걸리
쓰기만 하던 청자담배 향
친구
껄껄하게 웃던 목소리
어디로 갔는가
지금
江南엔 대규모 sports 단지가
생겨나고
우롱당한 우리 역사
부대끼며 부대끼며 웃음 잃을 때
부끄럽구나
조그만 땅, 코 큰 애들 웃음소리
온통
더러운 손길 가득할 때
껄껄 웃던 우리, 어데서 웃나

껄껄하던 막걸리
부끄러워서
정녕 부끄러워서
어떻게 마시나 정녕
우리 어데서 웃어야 하나

愛情 결핍

언젠들
돼지새끼들만 살았으랴
핏물 얼룩져 옥토가 된
이 가냘픈 땅위에
처녑집처럼
깬 자들의 숨소리가 오르내릴 때

언젠들
새 삶 찾는 사람이 없었으랴
혁명이 잠 못 자고 우는 밤마다,
아카시아 향기 골골 퍼지는
조국 강토 위에
바르지 못한 숨소리가 오갈 때

아, 지금은
메마른 愛情의 時代

손
영
호
|

그대 가시는가

태양 없는 안개의 시간
어이, 거기 아니신가.
깨어보니 꿈속이라.
깊고 아득한 곳.
유령처럼 멀어지는 긴 머리의 뒷모습
엔드 마크는 찍히고
비로소 울려 퍼지는 조지 거슈윈의 '파리의 미국인'
손잡으면 제 향기를 되찾는 가을날의 꽃다발.
되살아나는 숨결의 깊어가는 마음이여.
그대 떠나는가.
두려운 가을날의 레퀴엠.
멀어지니 망각이어라.
보이지 않는 황량한 거리
안녕히 가시는가.

검은 바람, 검은 강변

쪼그리고 앉아 울고 있는 당신은 누구요.
검은 바람에 눈물을 실어 강변에 뿌리는
당신은 누구요.
당신 지켜주는 별은 어디 가고
검은 사랑 앓고 있는 당신은 누구요.
검은 생존, 검은 사랑.
도대체 당신은 누구요.

위험한 나라

고독 고양이.

바람난 여인.

해골의 잔해.

빛에 박힌 어둠,

어둠에 뚫린 빛의 영광이 어디 있소.

거대한 둔부를 지나 시뻘건 눈동자의 소외가

질주하는, 계속 탈주하는 경사진 나라가 어디 있소.

소외가 고독을 낳고, 고독이 바람을 낳고,

바람이 질주를 낳으니

위험한 탈주.

보이는 건 해골

어두운 독방으로 무심히 떨어지는

새떼들.

오늘의 신문

오늘도 신문이 나오고 우리는 읽는다.
아침우유를 마시면서 우리는 또 읽는다.
출근길, 도로변에 휴지처럼 날리는 신문, 오늘날의 신문.
정오에 신문이 나오고 우리는 읽는다.
점심식사를 하면서 우리는 또 읽는다.
도로변, 휴지통에 폐지처럼 박혀있는 신문.
신물 나는 위장에 니코틴을 보내고 우리는 또 읽는다.

우 기자의 양심은 잠복하고 껍데기만 수놓은 화려한
말의 성찬, 말의 무덤, 공동묘지여.
죽어가는 우 기자의 신물 나는 위장이여.
신물 나는 신문이 100원이오.

88유치원

옛날에 호돌이 살았는데 착하고 평화를 사랑했어.

호돌이 식구들은 가난했지만 사이좋게 지냈어.

날씨조차 흐린 어느 날,

섬나라 개들이 몰려왔지.

왜 이렇게 살고 있니?

우리가 도와줄게.

이때부터 호돌이 식구들은 밥그릇, 숟가락, 호돌이네 땅,

생각까지 빼앗기고 간섭을 당했어.

이게 사는 꼴이란 말인가?

마음과 힘을 모아 개들의 무리를 쫓으며

투쟁했으나 쉽지가 않았어.

결국 섬나라 개들의 무리가 힘이 떨어졌을 무렵,

바다 건너 독수리와 북쪽 곰들에 의해

옛날로 돌아가 사이좋게 살줄로 알았지만

애고, 두 토막이 났네.

우리 식구, 우리 땅

반쪽은 곰에게

반쪽은 독수리에게로.

그 후로 한심스런 세월이 흥건히 흘러갔지.

반쪽은 곰과 또 반쪽은 독수리와 비슷해진 거야.

우리가 없어질 위기야.

이게 사람 사는 꼴이야?

되찾아야지.

모여야지. 한마당에 모여,

더욱 더 많은 사람들을 모아

우리 마당을 되찾아야 해.

불현듯 우리의 하늘을 보니

독수리 닮은 헬리콥터가 선회하고 있다.

차라리 죽여라, 죽여
-영화는 이 땅의 서자인가

눈 없는 가위가 200커트를 할퀸다.

모처에 들어갔다 온 필름은
가슴 없는 우리들의 초상.
눈 없는 가위가 자른 한 조각의 필름은
우리들의 눈, 코, 입.

보이는가,
견고한 벽돌집 가위의 땅에서도
생피 튀고 머리 절단 난
피의 인간이,
한국영화는 신음한다.

먼지처럼 내려앉기, 혹은 파도처럼 달려들기

이
철
영
|

무엇을 할 것인가 밤늦도록 술을 마시다
돌아온 밤에 모든 것은 깊은 정적
속으로 스며드는데 나는
무엇을 할 것인가
이렇게 살아도 되는 것일까 깜깜히 깊은
물속으로 빠져들어도 되는 것일까
차라리 먼지처럼 내려앉을까
새벽이 오기 전엔 잠이 들리라
무슨 꿈을 꿀까
-바람이 부는 날에 파도가 쳤어
발끝까지 밀려드는 파도에서 느끼던
두려움-
저 파도에 쓸려 들어가면 나는
어디로 갈까
파도가 나를 삼키려는 욕망처럼
내가 무엇을 삼킬 수 있을까
판단할 일이로다
먼 미래에 있을 신의 단호한
심판처럼
먼지처럼 내려앉을 것인가 혹은
파도처럼 달려들 것인가.

명동 1

사람들이 수없이 지나가는 거리
이 많은 사람들이 다 어디에서 왔는지 몰라
이 분주한 걸음걸이들이
어디로 향하는지 몰라
저마다 비밀 같은 생각 하나씩 가지고
남들 모르는 곳에서
날마다 날마다
가족을 위해 또는 애인을 위해
더러는 가엾은 이들을 위해
한 가지씩 노동을 하리
저이는 무얼 하는 사람일까
저이는 어디에 사는 사람일까
저이는 무얼 좋아할까
안 된 생각이지만
저이는 월급을 얼마나 받을까
성당 앞에는 수녀복 입은 맑은 여인들 지나가고
넥타이 맨 말쑥한 신사도 지나가고
아기를 업은 여자도 있고
리어카 위에 과자를 파는 남자도 있고
기타를 치는 맹인가수도 있고

밥 딜런의 목소리와 흡사한
그 사내의 노래를
아무런 대가도 없이
사람들은 들으며 간다.

아파트 공사장

몸뻬를 입은 늙은 여자가
수건을 머리에 둘러매고
점심을 먹는다 피곤하게
나는 도루묵인지 붕어새낀지 하는
생선이 먹던 것이 나왔다고 투덜대며
국그릇에 담긴 쇠뼈다귀가
어느 피곤한 사람들 식탁을 헤매다가
나에게 왔을까를 헤아려본다
앞에 앉은 여자는
저렇게 맛있게 밥을 먹는데
부끄러워라
나는 아직도 배가 부른 것일까
식당을 나오면서
수건을 둘러맨 늙은 여자에게
자꾸만 눈길이 갔다.

사당동 1

돌아가기 위하여 사람들이
소지품을 챙길 때 어떤 이들은
오늘 하루도 장사를 끝내고
밖에 나온 생선을 거두고
손을 씻을까 비린내
나는 손으로 이불을
펼까 피곤한
가족을 위하여
사당동 시장길 아래 시궁창
물은 새벽으로 맑게
흐르고 생선 비린내
텅 빈 시장 골목에
잠이 드는 밤
잠을 자야 꿈을 꾸지 꿈이
있는 방문을 열면
낮으로부터 돌아온 피곤한 사람들이
옹기종기 모여앉아
조용히
웃고 있을 거야

사랑가 8

사람이라곤 이 세상에 오직
당신과 나
뿐이라면 그래도
나는 기도하리
당신의 건강과
안녕과
행복을 위하여
꿈결에서 일어나는 아침
당신의 얼굴은 얼마나 아름다운지
그 가슴 설렘만으로 나는
파도치는 바다로 나아가
아무도 없는 망망대해에
당신을 위하여
그물을 던지나니.

터미널에서

아침부터 눈이 내려
거리거리에 꽉꽉이 쌓인 눈 위로
차들은 줄지어 서행을 하고
고향을 그리는 그리운 마음들이
어깨 위에서 눈송이를 털어낸다 사르르
흘러내리는 눈 흘러내리는
시간 속에 정지하는 버스 네 시간을
기다려도 버스는 오지 않는다
젊은 사내들은 난롯가에 모여 있고
낯선 사람들이 서로의 행선지를 묻다가 이따금
돌아보아도 여전히 버스는
먼 곳으로부터 정지.
폭설로 인한 연착을 알리는 안내방송은
당당한 목소리로 사과를 한다 어찌
할거나
박달재를 넘을 수 있을까 어찌
할거나
무심한 눈은 풍성히 내리는데
젊은 아낙 등에 업힌 아이는 눈 내리는 산골
꿈을 꾸는지

신창동 일기 1

신창동 버스정류장 골목
어귀에 해삼이랑 멍게랑
파는 아주머니가 열한 시를
위하여 기도하듯 졸고 있는
하늘은 흐리고 비가 올까
말까 망설여볼까 하느님은
싱거운 장난도 좋아하시는지
오마던 비는 오지 않고
늦은 밤길에 취한 사내 하나
타박타박 들어서는
신창동 밤길에.

희망을 가져볼까

빗소리에 잠이 깨는 새벽
슬픈 꿈에서 깨어나면,
깨어나도
이부자리에 젖어있는 슬픔은
마르지 않는다 바람이 불면
쓰러지며 내리는 비
한없이 쓰러지는 땅 위에
지칠 때까지 흘러가는 땅 위에
쓰러지기 위하여
그리하여 끝도 모르는 곳으로
그저 흘러가는 그대는 누구신가 비이신가
낯선 이 길에서 만나 물어보면
알 수 있을까
이 막막한 길에 그대는 나의
동행이 될 수 있을까
끝이 없는 길을 걸어간다는 것은 얼마나
막막한 외로움일까. 사막
오지 않는 날을 기다린다는 것은 또한
얼마나 가슴 시린 일일까
그래도 사람들은 시린 가슴으로

돌아서버린 신과의 약속에 대해

조그만 희망을 가지고

웃는 얼굴로 또는

불안한 얼굴로

줄지어 걸어가는데

뉘 나서서 이들의 발길에

비를 뿌려줄 수 있을까

희망은 얼마나 가져야

행복할 수 있을까

흘러도 흘러도 남는 물이 있어

다시 흐르는 강물처럼

잃어버려도 잃어버려도 남는 것은

희망일까 참다운

희망일까 한번

가져볼까

겨울 便紙 1

김
형
식
|

좋은 詩를 쓰기에 이르네. 親舊
共和國의 기상대에선 내달 초순경
한 차례의 모진 추위가 기습하여
온다고 연일 소란이지만 그것은
理由가 아닐세. 지난여름에도
사상 유례없는 태풍이 일어
온 반도를 훑고 지나간다고
수선이었지만… 벌써 몇 해
전인가? 新綠의 山 허리마다
도라지며 칡뿌리 쑥 나물
캐던 수줍은 아가씨의
피워있는 山川에 검붉은 깃대
를 펄럭이며 허리를 가르며
먼 異國의 머슴들이 闊步한지
이보게 벌써 몇 수십 해가
지났는가
푸르른 아침의 記憶을 뒤적이며
새벽맞이 거리로 거리로
치달리던 順伊는 칙칙한
수술실에서 내 다시 봄날의

177

이슬로 돌아오겠다는 말 남기며
하얀 웃음 남기며 떠났는데
그해 돌아올 봄은 山川에 없고
폭풍 몰아치는 언덕 위로 소식
감긴 사람들. 허리 아픈 아이들
下部構造를 잃은 애비들
무성히 자라네 親舊
한 송이 '장미'가 거역의
몸부림으로 타오르는 대낮에
아름답다며 진실로 아름답다며
詩를 쓰기에는 좋은 詩를
쓰기에는 이르네. 오늘은.

水踰里 日記

1,
나의 不正을 안다.
共和國의 지하계단에서
自由를 향하여, 統一을 爲하여
목숨 버리리라 맹서하지만
그녀는
나를 죽이지 않을 것임을
나는 안다.
죽음은 마침내
스무 해 넘게 내 안에서 길러온
陰毛의 자살인 것을, 그는
언제나 진부하게 來往한다는 것을
나는 안다. 허나
오늘도 共和國을 向하여
돌을 던져야 한다.
안으로 안으로 成長한 邪氣보다도
거대한 나라의 陰謀를 향하여
돌을 던져야 한다.
하나의 돌멩이에 한 올의
거웃이 뽑히어 간다

무성히 자란 陰毛로 인하여
호흡정지하지 않고
허전한 死亡을 찾을 때까지
돌을 던져야 한다.

2.
해질녘
아현동에서 127번 Bus를 타고
청계천 지하에서나
습진 다락방에 널려있는
실오라기처럼 질긴 외침을 지나
수유리 종점에 下車하면
하얀 무명의 女人이
가난한 목소리로 아이 부르는
소리가 있다.
그 여인에게로
눕겠다
나는.

5집 편집을 마치며_

전화선을 타고 친구의 목소리가 거칠게 들려올 때 우리는 험난한 세월을 탓해야 하는가, 아니면 더욱 더 끈적이는 생존을 꿈꾸어야 하는가.

쏟아지는 말의 홍수 속에서 우리의 시각이 때로는 분단된 조국에로, 때로는 가난하고 억눌린 형제들에게로 향해 있음을 확인하면서 또 한 권의 책을 묶는다.

-1986년 9월

자유공간 6집

통일동이
1988

자유공간 6집을 발간하며_

우리는 현시대를 살아가는 모든 이에게 정착되어 있는 총체적 모순의 근원이 허리 잘린 조국의 상처 속에 뿌리 깊게 내재해 있다고 단정한다. 분단은 반도의 구석구석에 사회경제적 파행을 일으켰음은 물론 동시대인을 정신적 불구로 만들어가고 있다. 이러한 정신적 불구현상으로 인하여 우리 문학은 마땅히 서야 할 땅을 찾지 못하고 절름발이 감상 속에서 문학의 본질적 문제인 삶의 건강한 자양분을 제공할 수 없었다. 이른바 배달겨레의 개인적 집단적 삶에 고정화되고 있는 분단의 역사는 당위적으로 그 종말을 고해야 하며, 지금 우리의 당면과제는 통일 동이의 탄생을 위한 작업의 실천이다.

민족사에 있어서 분단은 일제 식민잔재를 청산하지 못하게 작용하였고, 소수 매판적 지배계층의 물질적 이해관계로 인하여 고정화되고 있으며, 오늘에 이르러서도 더욱 확대 심화되고 있다. 지배계층은 민중의 삶과 유리된 사회구조의 모순을 양산하면서 민족문화(民族文化)를 말살하고, 그 모순구조를 확대 재생산해내고 있는 것이다. 그런 결과로, 일부에서는 분단은 당연이며 통일은 그 논의마저 위험한 발상이라는 논리(論理)를 전개하고 있다. 이러한 인식에서 출발한 자유공간(自由空間)은 통일(統一)된 조국(祖國)에서 건강한 민족성을 되살려야 한다는 사명(使命)을 황폐화되어가는 시대정신에 호소하고 '통일동이'를 기다리면서 그 탄생을 위한 구체적 실천의 방법 중에서 문학의 힘을 강조하고자 한다.

반민중성의 타파 속에서 민족사의 새로운 지평을 열어야 하는 작가정신(作家精神)은 역사적 미학적 관점의 통일과 공동체적 인간화 예술화의 작업으로 성숙되어야 할 것이다. 더 이상 우리는 허기진 목소리로 외칠 수 없으며 온 몸으로 행하는 실천적 문학의 힘으로써만이 우리의 주장이 발현될 수 있다는 각오를 새롭게 한다.

오늘 우리는 6월 민중항쟁을 통하여 조성된 민주화의 의지들이 민중들의 뜨거운 가슴 속에서 통일동이의 탄생으로 진정한 결실을 맺는 날이 오기를 고대하며 민중문화의 광장에 서서 반도의 주인인 민초들과 함께 웃고, 함께 상처 받으며, 함께 건설하는 통일의 문학으로써 행진할 것을 선언한다. 우리의 통일문학이 현실극복의 힘으로써, 통일동이를 기다리는 피끓는 그리움으로써, 그 존재가치를 다하는 날까지, 그 날까지, 그것을…

-1987년 10월

광장에서

내 똥은
시(詩)가 아니어도 좋다.
간지럽게 상표를 붙이고
배달되어진 생수(生水)라면
차라리 중랑천 바닥을
핥고 침전되는 누이의
하혈이어도 좋다.
외침이어도 좋다.
습기진 벽(壁)위에 증거처럼 꿈틀이는
목마름이어도 좋다.

실종신고를 내고 사라진
난수표의 행방을 찾아
아이는 오늘도 돌아오지 않았다.
그대 돌아오지 않은 광장에
추적추적 안개비 내리고
기다림에 지친 어미는 말을 잃은 채
검은 앙금으로 산화하여
누워있는데
새벽은

헤드라이트를 켜고 질주하는
군용 짚차에 갇혀
보이지 않고
나는
자꾸만 사타구니가 가려워
긁적거리며
비를 맞아야 했다.

눈[雪] II

어느 새벽이 되어도
발기한 하부구조의 아우성
나는 허전히
붉은 흙으로 돌아가
누울 수 있는가
소음이 시야를 가리며
각혈에 망울져 흐르는데
저기 잃어버린 시간의 파편이
하강한다.
높다랗게 질주한 세월
갇힌 사람, 가둔 사람
신화처럼
오늘도 돌아오지 않는 사람에게도
무릎 내림과
버팅김 위로
응어리진 용서의 순백 몸부림이
낮게 낮게
엎드리운다.

겨울편지 Ⅱ
-의문

어떻게
정착당하고 있는가 친구
종로2가로 습관처럼
오르는 정체불명의
신문지면에는
취업 목적이 순수하다는 이유로
구속영장이 취소된 모씨에게
향군법 위반혐의를 추가해
구속하였다는
기사가 1단으로 무표정하게
박혀
산다는 것과
죽는다는 것을
미세하게 흔들어대며
외치고 있다
어떻게
정착하고 있는가 친구

겨울편지 Ⅲ
-家出한 長男

세상 사람들이
스물다섯이 넘은 長男의 家出을 보고
예쁜 계집이 따를 것 같지는 않은데 라며
혀를 찬다.
가진 것 없이
서울 고생한 지가 벌써 몇 해
이제는
지악스럽게 재물 끌어 모아
세상살이 구렁이 담장 넘어가듯
두 눈 꼭 감고
이웃 順伊년과
소꿉장난하듯
따습게 따습게 살면 그뿐인데
남들은 올겨울이
무진 애를 먹일 것이라며
큰 대문 꼭꼭 잠그고
바깥 出入마저 꺼리는데
家出한 長男 놈은 어디서 무엇하고 돌아오지 않을까
그놈 평소

북만주 벌판에
흰 수염 날리며 말 달리던
獨立軍의 얼이
어쩌고저쩌고 입방아 찧더니
이 엄동설한의 새벽
만주벌판에라도 가겠다고
작정한 것은 아닐까
그러나 지금은
1980年代의 後半期
허리 잘린 남단의 땅덩어리에도
칼라 TV 안에는
만국기가 펄럭이고
마침내 새벽이 온다는
好時代가 아닌가
아닌가

겨울편지 Ⅳ
-꿈

꿈꾸고 싶네
살아 목숨 붙이는 것이
진정 살아 숨 쉰다는 것이
새벽녘 만원버스에 시달리며 출근하여
천근만근 지친 몸뚱이로 돌아와
눕는 것으로 마감하는 것이 아니라면
시름과 졸음에 짓눌린
눈꺼풀을 곤두세우며
5월 맑은 햇살 아래 오르는
우리네 사랑의 공동체를
꿈꾸고 싶네

꿈을 위하여
사랑의 공동체를 위하여
푸르른 깃발,
푸르른 비수를 갖고 싶네
온 나라의 형제 누이들이 어우러져
얼싸 얼싸 춤출 수 있는
무등(無等)이 깃든 평화의

깃발 드높이 세우고 싶네
우리네 사랑의 순결을
온 몸으로 지켜줄
그 옛날 할아범이 들었던
죽창 드높이 치켜들고 싶네

그해 겨울

치밀어 오르는
그리움으로
숨결은 거칠어지고
바람이 차가운
섣달 어둠의 사슬 너머로
한쪽 다리가 부러진 비둘기의 비상과
스무 해 넘게
스멀스멀 핥아대던
불쾌감을 바라다보아야 했다.
바라다봄에 묻어 흐르는
기다림의 세월을
뜨거운 가슴으로 쓰러진
어미의 악다구니의 흔들림을
욕망의 그리움을
받아들여야 했다.
받아들여야 했다 사슬 저편
어둠을 가로막고
차갑게 빛나는 수은주의 눈동자를
눈동자의 사랑을
사랑의 흔들림을

흔들림이 부수는 창살을.

그해 겨울 푸드득
치밀어 오르는 그리움으로
어둠을 바라다보아야 했다.

이
철
영
|

우리의 거리는

나는 그대가 중국사람이나 일본사람이 아님을
분명히 안다
그대의 몸에서는
내 나라사람 냄새가 난다
지중해 짠바람 속에서도
나는 그대의 냄새를 느낄 수 있다
천성이 수줍은 우리는
낯선 이에게 실없는 인사를 보내지 않지만
이국의 거리에서 내 나라사람 만나면
아는 이 아니어도 인사를 한다

트리폴리 이민국 앞에서
처음으로 그대를 만났지
다가가서 내가 본 것은
그대 가슴에 붙은 빨간 뺏지
울고 싶구나
갑자기 그대는 노우쓰 꼬리안이 되고
나는 싸우쓰 꼬리안이 된다

---

* 이철영은 87년 4월부터 88년 3월까지 리비아에 체류하였다.

아니다, 아니다

셰리프는 리비아 사람
한국 회사에 있으면서
한국말을 조금 할 줄 아는
리비아 사람
그는 내게 말했다
그대가 노우쓰 꼬리안이라고
아니다, 아니다
한국인은 한국인일 뿐이다

나는 그대가 평양이나 원산쯤에서
왔을지도 모른다는 생각을 하지만
단군의 자손이긴 마찬가지
꼬리아의 푸른 하늘 아래 살아오지 않았느냐
오늘은 지중해 바람 속에서
스치듯 만나지만
어느 날은 청진이나 서귀포쯤에서
싱싱한 회 한 접시에 소주를 마시며
말하리라
그때 나는 껴안고 싶었다고
껴안고 울고 싶었다고

셰리프는 리비아사람
그대는 노우쓰 꼬리안
나는 싸우쓰 꼬리안이지만
그러나 아니다, 아니다
우리의 거리는
닿을 수 있는 먼 길일 뿐이다

떠나는 길

언젠가 한번 무작정 닿은 곳이
일산이었지
추적추적 가랑비 흩뿌리는 가을 저녁
막걸리 한잔 마시고 싶어서
길을 나섰지
혼자 술 마시기는 부끄럽지만
한번쯤 내 부끄러움을 숨겨보면
어떨까 해서

아무런 의미도 없는 낯선 거리에
우리는 때로 닿을 때가 있다
두어 해 지난 지금은
막걸리 맛도 비 내리던 들길도
어둑한 저녁 풍경으로 남고
다시 여기는 리비아
황량한 들판에 안개비 내린다

떠난들 찾을 수 있을까
돌아간 뒤에나 알 수 있으리
우리가 아는 것은 언제나 과거에 있고

우리는 떠난다 결국은
과거로 간다

어느 날 닿는 곳이
천국일까
지옥일까

서울편지 I

혹시 내 잘못 살아온 것은 아닐까
그리하여 떠나있을 때,
오래전에 접어두었던
바랜 일기처럼
잊혀지는 것은 아닐까
지나온 날보다는 아직 더 많은
오지 않은 날이
그렇게 가는 것은 아닐까
낯익은 인적 드문
이국의 삶은 적막하다
바람이 불고 흐린 날에
또 어떤 사람은 떠나고
오지 않은 그대, 아니
오고 있을까 어디쯤
쉬고 있는 것일까
보이지 않음은 희망이거나
절망
희망은 언제나 절망과 더불어 오고
내일도 나는 희망을 가지고 절망하리
절망을 가지고 희망하리

희망 끝에 오는 절망 끝에

오는 희망 끝에 오는 절망 끝에…

불러도 메아리 없는 사막의 모래 위로

바람은 지나가리

기다리지 않아도 오는 아침

먹이를 찾아 떠나는 들개는

어디로 갈까

태양은 하염없이

모래 속을 파고드는데

길을 잃고 떠나온 것은 아닐까

보여다오

멀지 않은 곳에 앉아있는

그대 옆모습을

서울편지 II
-정구에게

그대 젖은 눈동자를 보았지

들개들이 벌판에서
비통하게 우는 밤
그대가 듣는 노랫소리 그치고
시계소리 더욱 또렷이 째각이며
세월이 간다
그러던 어느 날 당도한
어머니의 편지
서툰 글씨 사이로 젖어드는
그대 눈물을
나는 보았지
이국의 밤은 깊은데
지금쯤 서울 거리 어디엔가
술 취한 발자욱마다
내리던 별빛이며
동질(同質)의 목소리는
어디로 흐르고 있을까
떠나기 위하여 살다

돌아가기 위하여 우리는 떠나와서

바람 지나간 새벽길 위에
그림 같은 발자국 남기고
날아가는 새들처럼
그대도 어느 이른 아침 홀로 일어나
이국의 사막 위로
모래 발자욱 남기며
돌아가는 날이 있겠지

서울편지 Ⅲ

한 사람의 죽음은 슬프다
아버지가 슬프고 어머니가
슬프고 할머니가 슬프다
슬픔은 고통을 이길 수 있을까
그렇지 않으면
한 사람의 죽음은 더욱 슬프다
옆집 사는 영희 아버지가 슬프고
뒷집 사는 철수 어머니와 박씨 아저씨가 슬프다
슬픔은 고통을 이길 수 있을까
그렇지 않으면
한 사람의 죽음은
참을 수 없다 그것은
우리 모두의 죽음이다
1987년 6월
잔인한 태양이 내려 쪼이는
먼 이국으로 날아온 꼬리아의
핏자욱 흩어진 상처 난 신문은
부끄럽다 두렵다 숨이 막힌다
오뉴월 감기는 개도 안 걸린다는데
오랫동안, 너무도 오랫동안 우리는 앓고 있구나

기침을 하며
서울의 오염된 거리를 걸어가는
분노의 그림자들
가서 전하라 네 발길이 닿는 곳마다
진혼의 목소리를 들려주어라
가슴 속에 하나씩 밀서를 품고
사람들은 갔다

한 사람의 죽음은 얼마나 많은 사람을
구할 수 있을까 죽은 사람은 어느 날
예수처럼 부활할 수 있을까
성당의 저녁 종소리를 따라
어둠 속으로 걸어가는
죽음의 그림자
날이 밝고 다시 종소리 들려오면
피 흘리며 걸어간
그대의 흔적이 보일까

허리가 아픈 동포여, 한국인이여

손
영
호
|

神이시여, 통일신라의 혼령들이여
동족상잔의 희생羊이여, 공화국의 어르신들이여
땅덩어리 큰 나라가 망친 내 조국
끊긴 허리를 회복하지 못한 몫은 누구의 것입니까?
형제가 적이 되어가는 세월은,
그 현실은 누구의 아픔입니까?
민주전선의 급진주의자들이여.
외쳐도 돌아오지 못하는 메아리는
이 땅에 山이 없어서입니까?
황무지뿐이기 때문입니까?
민중항쟁의 영웅들이여.
민중수난을 도외시한 철면피들이여.
이제 우리의 통일은
권세가의 전유물일 수 없습니다.
더더욱 노인의 한숨일 수 없습니다.
평화통일을 기원하는 이산가족들이여.
허리가 아픈 내 형제여.

靑年, 출항하다

밤바람의 거리 허름한 막걸리 집
술 마시고 비틀거릴까 곱슬머리는
밤안개의 江邊 허름한 아파트村
꿈의 음계를 밟아
天國으로 갈까 노래하던 친구는
강변의 곱슬머리 靑年
바람 따라 나부끼는
머리카락의 율동이여
웃음이 열리면 풍성해지는 그 언어여
갈 길은 멀고 어두워졌는데
어디로 가는가 자네
나의 동포여 춤추는 청춘이여
날탕에서 부자 또는 예술가로.
충무로에서 뉴욕 또는 깐느까지
무의미한 덫이 아니다 더 이상
삶이 무엇의 目的이 되지는 말자 우리는
다만 밀고 나가 깨뜨리고
뛰어가서 넘어서자. 만나자.
우리의 만남은 폐쇄적 美學의 공간이 아니다.
인생의 길가에 피어난 生命의 祝祭.

靑年, 출항하다 다시 또 태어나기 위하여.
지금 여기서 우리는 바로 이 순간
江邊에 주저앉아 있어선 안 되지
사랑·열정·반항의 돛대를 달고
저 황홀한 大洋으로 떠나자
함께 모두 다같이.

모래언덕을 넘는 타박네야
-사반세기의 동인 승정에게

제3공화국 명함을 찍은 날이 언제
자네 첫 울음소리 터지던 때 언제
실개천 물방울들 하강하며 모여든 봄날은
언제더냐
아폴로 11호 月世界 내리던 날
우린 꿈이 무너졌더냐, 그날

제5공화국 개업한 날이 언제
행당동 모두 모여든 인연이 언제
탑골공원 서로 화합한 시간은
어디쯤 가더냐. 지금도.
자유공간은 행복의 7년을 맞이하는데
10년지기 바위처럼 돌처럼. 명태 주랴.

자유공간은 진정 있는지 아직도
아름답고 착한 신부는 창조되었는지 여전히
오늘도 그 이름만 부르는지. 가지 주랴.
투사로 살아야 하는데 우리는.
명태 싫다, 가지 싫다.

모래의 땅을 걷는 타박네야.
우리가 심은 씨앗들은
북악의 개똥참외 관악의 젖줄로
솟아오른다.

생명은 이 순간에도 죽고 다시 부활하는데
허공에 떠도는 詩人의 방이여.
공릉동 방에서 중곡동 방에서
삼양동 방에서 마포 방에서
비산동 방에서 사당동 방에서
COREA에서 KOREA에서
이제 지중해안 리비아 트리폴리에서도

거대한 봄의 수레바퀴가 꿈틀거리면
자네에서 임자까지
원주민에서 보헤미안까지
서울의 겨울에서 봄까지
同人의 우정이여, 共同體여.

항상 고열에 시달리지
않으면 안 되는 열정들은 푸르른
낭만들은 그리운 자유의 파편들은
그 자유를 잃은 詩人의 소식들은

이 풍진 세상을 넘어서 어디로 가는지
분명히 허겁증은 사라지거라.

이제 황폐한 이 들판을 걸어가는
다섯 사내의 고적한 그림자들
서로 포옹하는 이별과 만남의 동작들
매화가 버티어 온 늦겨울에
황토의 비탈길 산마루엔
蘇生이 환영하네, 우리의 봄을. 탄생을.

모래언덕을 넘어가는
타박타박 타박네야
同人의 삽이여, 밥이여.

'87 서울수첩

1.

공중전화는 유일한 S·O·S

(공중전화가 일제히 울리리라)

(1987. 1. 5.)

2.

최루탄 가스는 바람에 날리고

방에는 민중 국어사전과 거울.

이제 분노한 바람이 휘몰아치리라.

감금된 언어의 조각들이 일어서리라.

거울 속에 빛나는 파송이 울려 퍼지리라.

(1987. 2. 24.)

3.

현대, 붉은 천을 배경으로 한 뜨거운 모래사장,

돈독 오른 자, 성격파탄자, 性者, 악마추종자,

불법체류자, 영혼 부재자, 악덕 기업인, 폭군,

고리대금업자, 술주정꾼, 詩業家, 지방흥행업자,

검은 함정으로 빨려드는 빨간 장난감차의 행렬.

오호, 불쌍하도다(F·O) 우리들이여(길게 F·O)
(1987. 3. 29.)

4.
펄럭이는 창문들. 화려하게 착륙하는 햇빛.
영광의 탈출을 시도한 배우 스티브 맥퀸이
암으로 죽었다하더라도 빠삐용처럼
엑소더스하고 싶다. 이 악마의 섬에서.
(1987. 4. 18.)

5.
비가, 왕창, 쏟아진, 다음,
맑은, 푸른, 깨끗한, 공기가,
감싸는, 명동성당의 하늘을
보고 싶다, 최루가스가 없는 시대에
살리라.
(1987. 6. 15.)

6.
'자유공간' 동인지를 우연히 만났다.
전라도 부안읍내 황토서점에서,
컴퓨터 식자로 편집된, 현학적인 장정으로
된 '자유공간' 동인지를 보았다.

그들은 유사 이래 고통을 아는 젊은 詩 패거리였다(?)

(1987. 6. 24.)

7.

어머니, 죄송합니다. 늦었습니다.

또 술 먹었구나.

어머니, 용서하세요.

오늘도 늦었습니다.

또 술 먹었구나.

예, 그만 자겠습니다. (부끄럽다)

회복할 수 있는가,

너, 너의 위장, 너의 꿈.

(1987. 7. 9.)

8.

서울역에 서면 어디로든지 간다.

'지산' 스님처럼 방향 상실은 안 된다.

저기 전투경찰이 날 수상하게 본다.

난 괜히 빨리 걷는다. 허겁증 환자처럼.

(1987. 5월. 17.)

9.

대표, 총재, 고문

잘 돼야 할 텐데(KBS-TV. 유모어 1번지)

민주화, 美主化, 민주당, 兩金당

잘 돼야 할 텐데(겨울공화국에서 봄까지)

(1987. 9. 5.)

10.

詩가 시시해지면

詩人도 시시한 소인배가 된다.

詩가 詩답지 않으면

時代가 어둡게 몰려온다.

(예비군 훈련 '주제발표' 시간)

11.

江바람이 온다, 그 바람이 가면

나와 술병만 남는다.

이제 태양이 떨어지면 어둠이 온다.

드디어 지구가 돈다. 술병이 돈다.

세상이 돈다.

돈다. 돌아.

돈돈돈

다.

(1987. 9. 1.)

12.

나는 내 삶의 하늘에 별을 갖고 싶었다.

스탠드빠 천정에 붙은 인공의 네온사인이라도

좋았다. 그러나, 사람들은 네온사인 박힌

널빤지 위에 쥐의 무리를 보았는지 모르겠다.

축축하게 더러워진 널빤지 위에 횡행하는

쥐새끼들

우리의 삶에는 진정코 기쁜 춤판이 가능하겠는가

쥐가 이동하는 음모의 침략이 도처에 깔려있는데도

(1987. 9. 2.)

김
종
인
|

통일동이

<pre>
        남남   북녀
         남남   북녀
          남남   북녀
           남남   북녀
            남남   북녀
             남남   북녀
              남남북녀
              통일동이
</pre>

거울을 보면

겨울이 오면
다 같이 겨울이고
불온하면
다 같이 불온하다고 하는데
아직도 이 땅은
해방이 필요한 것일까?
판문점의 유리도
규소로 만들어진 것인데
입김이 서리면
서로의 전망이 불투명하다는 것일까?
웃음이 보이면
서로의 속셈이 다르다는 뜻일까?
새들이 날면
철조망은 소용없고
바람이 불면
꽃씨들은 사방으로 퍼지는데
아직도 들풀들은
한파에 못 이겨 고개를 숙이고 있는 것일까
모세혈관이 터지면
똑같이 흐르는 것은 피인데

색깔이 다르다는 것은
숨겨 놓은 유산들이 다르다는 것일까?
아픔을 느끼면
시대가 흔들리고
상처가 나면은
다 같이 아물어야 하는데
위로할 수 없다는 것은 누구의 잘못일까?
거울을 보면
다 같이 한 얼굴인데.

행진 I

사막에서 돌개바람이 인다
Oasis의 꿈을 눈 속에 묻어두고
수천억의 모래 알갱이 위에 그대의
육신을 안장하라
태양은 땀과 어울려 부질없는
고독과 거칠은 갈증을 투여하지만
눈을 크게 뜨고 싸늘했던 목요일 밤
감람산 위에 흘려진 핏방울의 흔적을
바라보라
모진 더위와 말라버린 생각들 속에서도
굴종되지 않고 만나와 메추라기를 갈구하는
선인장의 기도소리를 들으라
발자국과 발자국 사이의 간격은 모래를
한 손으로 잡아먹은 시간일 뿐이지만
매일 밤낮으로 대하는 폭열과 폭풍. 그리고 모래언덕은
변화 많고 개성 있는 친구일 뿐. 그대여 걸으라
길 없는 길을 통하여 긴장 어린 눈을 가진
낙타처럼 두터운 발로. Atlas를 넘어서
고향이자 유배지인 티이나 섬으로

행진 Ⅱ

황사의 운무 속으로
들리는 슈베르트의 자장가
그 음계 사이를 지나가는
꿈의 발자국, 무대 위에서
Le Mond Balzac 백작의 걸음으로
허리를 세우고 가슴으로 앞을
밀어내면서 시야는 人間들의
목에 고정시키며 달려간다.
우울의 종이 울리면
우리의 말들을 바람으로 날리고
종소리의 마디마디를 밟고 Olympus까지
그 No-place로

행진 III

어둠이 온다는 것은
아름다운 일이다.
번번이 겨울의 꽃들이
낙화할 때 우리는 도시의
초록 속에서도, 고통의 담벼락 사이에도
나누어 가질 밀어를 만들지 못하였다.
실어증의 바다, 그 찬란한 푸르름에
우리의 설움을 던져버리지 못하고
마냥 걷고 있었다. 이 외로움을
Seoul의 외진 곳에서 교신을 기다리는 낙오된
통신병처럼 심전기로 전달하지만
쓰라린 회색 벽돌의 이층집과
무뚝뚝한 빌딩 속에서 울려나오는
지구의 붕괴음들. 허나
아름다운 일들의 아름다움이다
너를 사랑하는 것은
죽은 밝음 속에서 우리가 젖은 마음을
가질 수 있는 것은. 하여
모차르트의 교향곡 40번에 실려서
우리는 서로를 향해 다가가고 있는 것이다.

행진 IV

거리를 걸어보면 목이 아파요
다리를 건널 때면 가슴이 따끔따끔하고
쓰라려요. 강물은 바라만 보아도
내 눈에선 눈물이 출렁거려요. 발가락은
Asphalt 위에선 간질거리고 손톱들은
나를 버리고 달아날 것 같아요. 미칠 거예요
애국의 파편들이 내 두뇌를 훈련시킨다고
생각만 해도 미치겠어요. 오늘도
길 위에서 돌멩이를 주워야 한다니. 하지만
이 다리만은 건너가고 싶어요. 죽더라도
내 사랑스런 돌들이 보석으로 꽃피는 것을
보고 싶어요.

행진 V

축하합니다. 보이시죠? 하늘이 저 뙤는 태양이 하나이듯 달도 하나이듯 당신 둘도 하나가 되었습니다.

지구상에서 하나 밖에 없는 반쪽을 찾은 기쁨은 말로 표현할 수 없죠. 예전에 따라지였을지 모르죠. 그러나 지금 당신들은 38광땡입니다. 바람이 되어 날아가 버려요. 당신 둘을 막을 수 있는 망사는 없어요. 방해물도 없어요. 가세요. 행진하는 겁니다. 잃었던 의식을 되찾고 잠자고 있는 신화를 깨우러 당신 둘의 신혼여행지까지. 그 첫날 밤. 식객들의 눈들은 찌그러질 것이고 우리는 분명한 역사의 물줄기를 따라 흘러가게 될 것입니다.

평화는?
-불타는 세계 속에서 인간의 살아 숨 쉬는 욕망도
　다 타버린다

Emerald의 견고처럼 단단하게
짜여진 Abel의 머리. 그 성실함이
사각의 모루에 올라가면 시험하는
Cain의 화강암을 만나리. 양의 가죽을
벗기는 그의 빨간 손을 보게 되리.
전통에 빛나는 역사의 '화이팅'한
몸짓을 알게 되리.
노고단 밑으로 섬진의 물결이 실랑이면
욕망의 샘물은 끊임없이 솟아나고, 훈훈한
모래 냄새에 잠이 깨인 낙타는 해 아래서
새것을 찾아 사막을 순례한다.

북방에서 장송 행진곡이 울리면
아름답고 찬란한 별은 노래를 부르며
꼬리를 물고 물고 지구 위로
떨어진다.

비가

떨어진다. 대기의 모든 공간의 숨통을 가득히
수분으로 막아버린 채, 40일간 낮과 밤사이
우리의 굶주린 고통의 날만큼 내려왔다.
비가
오고 또 오고… 지루한 비가
멎은 어느 날. 자코메티의 늑대들은
셰퍼드가 낮잠에 빠져있는 사이
발가락을 걸고서 상호불가침조약을 체결한
기쁨에 미소하고

소금바다에서 해수욕을 즐기던 키 큰 아이와
코 긴 아이가 서로의 물건들이 좋다고 과시할 때
마이클은 '그래미' 수상식에 가기 위해
피 뿌린 옷을 입고 흰말 위에 오른다.

불이
떨어진다. 하늘의 모든 감색을 빠알간 색으로
물들이며, 지상의 수분을 모두 증발시키려는 기세로
불이
부리부리한 사내의 입 속으로
떨어진다. "차 – 악" 하고 발악할 사이 없이
"아, 애들은 말이죠. 싸우면 싸울수록 더
커지는 것 아닙니까?"

철조망
-南과 北

하얗게 덮인 山河를 보며
검게 그을어 오는 마음속
그날 우리는 그랬다
물들었겠지 희롱과 야유의
서울은 검은 밤으로
지금 겨울은 무서운
바람으로 불어오고
발 어는 땅 초롱한 눈동자
벌겋게 달아오르기까지
숨소리조차 죽여 가며
죽어가는 젊은 사람들
南과 北에 있는데
있는데 南과 北에
평양쯤에선
어떤 일이 벌어지고 있을까
지금.

半島 內에서 어른이 되어야 하는
이들을 위한 童話

1.

포성만 멎으면 평화는 오는 것인가요.

半島의 하늘가 무성하던 포연이 걷히고 배고픈 아이의 어머니는 돌아오지 않는 家長을 기다리다 역시 잃어버린 아내를 찾다 지친 남자를 만나고 결혼하고 그렇게 살던 어느 날 남자의 아내와 여자의 남편이 돌아왔다고 했을 때 그들은 짝짓기 놀이를 하듯 선뜻 돌아서서 예전의 하늘 밑으로, 평화스런 과거로 돌아갈 수 있을까요.

2.

가을처럼 을씨년스레
바람 부는 어느 여름
친구의 어머니는
터지는 오열 속에
땅 속 깊은 나라로
꿈과 平和와 사랑들만
넘치는 행복의 세계로
돌아가고
전쟁이 가져다 준
어두운 기억은 끝내 살아남아

살을 섞어 사랑하던 남편과
사별 후에도 영영
만나지 못하였어요.
그 서글픈 과정 속에서
"전쟁이 有罪지. 전쟁이 有罪야." 했을 때
전쟁이 有罪입니까,
사람을 사랑할 줄 모르고
극단적 이기주의 속에서
자신들의 利益을 위하여
눈멀었던 사람들이 有罪입니까.

편지 제4편

교정 위에 자욱하게
최루연기 퍼지면
저녁놀 안고
거북한 땅 구겨진 역사 위에서
아들놈, 흐르는 눈물 닦는
핏발 선 주먹 보시나요
어머니.
담배연기 하늘 가로
퍼져 나가던 그날
당신께선
장미꽃 동백꽃보단
토담 타고 오른
호박꽃의 순수를
혹은 수세미 열매 늘어진
황토 빛 담장을 생각하며
꿈꾸듯 가시잖았나
잠 못 이루는
숱한 밤을
自愧의 눈물로 보내며
오늘도 아들은
어머니를 그려봅니다.

鋪道에서

황당하게도
그림을 그리기
하늘을
鋪道에 그리기

새장 속의 사람들 Ⅱ

順伊가 깔아놓은 이부자리 속에서 아이는 꿈을 꾸었지. 다시 갈 수 없는 시절로 타임머신을 타고 아이는 달려가고 있었어. 잠든 아이의 머리맡에서 順伊는 쉰내 나는 오물들을 치우고 있었고 걸레질하는 손놀림 사이사이로 눈부신 太陽이 떠오르기 시작하였고.

전봇대 옆에서 두 아이가 싸우고 있었어. 한 아이가 넘어졌고 다른 아이는 넘어진 아이를 타고 앉아서 잔인하게, 잔인하게 넘어진 아이를 짓뭉개고 있었어. 전봇대는 서 있었어. 하늘을 향하여.

그때 順伊는 보았어. 잠자던 아이의 이맛살이 마구 찌그러지는 것을. 방을 닦던 順伊는 대야를 들고 허둥대며 뛰어왔지만, 그럴 필요 없었어. 아이는 단지 전봇대 위에 앉아서 싸우고 있는 아이들을 바라보는 잉꼬 한 마리를 보았을 뿐이니까.

새는 하늘로 올랐어. 커다랗게 맴을 돌고난 잉꼬는 어디론가 날아가 버렸고 의기양양한 아이를 남기고 부끄럼 가득한 얼굴의 아이가 울면서 뛰어갔어. 새가 날아간 골목 저쪽으로 두 개의 책가방을 든 아이와 휘파람을 부는 아이가 나타난 것은 그때였어. 아이는 아무 일도 없었던 것처럼 집과는 반대의 방향으로 걸어가기 시작했어. 부지런히.

머쓱해진 順伊가 되돌아서서 방을 나왔을 때 삘삘거리는 타임머신을 타고 돌아온 아이는 갑자기 꺼이꺼이 울기 시작하였고 順伊는 몸 둘 바를 모르고 안절부절하였어.

떠오르던 太陽은 자빠지고

갑자기

비가 내리기 시작하였고.

떠나는가 그대, 4월에

그대 떠나는가
4월에 하필이면
구름조차 끼어있는 맑지 못한
하늘 속으로
Corea를 남기고, 찾지 못한 자유를 남기고
두려운가 친구여
절망인가 친구여
그러나 확신하는가 나의
친구여

어두운 시절, 또 다른 어둠속으로 가는 그대
내, 만나러 가는 날
-여자들을 좌우로 흔들고 다니는 엉덩이
-마네킹과 자리 바꾼 사람들
-女子처럼 차려입은 남자들
-울지 못하고 方向마저 흔들리고
흔들리고 친구여
술 취한 歲月 비틀비틀
망막 속에 맺히고
그런데 자네는

떠난다 하고

記憶하는가
동작대교 밑으로 흐르는
漢江의 검푸른 물결을
비 내리는 밤마다
보랏빛 환영 속으로 헤매이는
이 時代의 젊음을 위하여
가슴 아파하던
우리들 뛰는 가슴을
그 눈동자를

이제 가라 친구
보라 사람들 그 가슴속
처절한 이야기
확신하라 되돌아와
맞아야 할 푸르지 못한
이 땅의 봄을.

아홉 살 동근이[*]

아홉 살 동근이
노자 없는 저승길
地天으로 떠돌 때
스물다섯 우리들 부끄러워라
부끄러워라 역류
흐르는 세월

너 뛰놀아야 할 그날
서울, 변두리
가난해서 떠나지 못하는
버려진 者들의 오물 덮인
땅마저 빼앗기던 날
아홉 살 동근이.
너 세상을 向하여 거칠게
숨 한번 쉬어보지 못하고
세상을 떠나던 날
맑은 숨 쉬고자 하는 사람들 모여
흐드러지게 울어야 했다

---

[*] 오동근 : 마들평야에서 무너진 벽에 깔려 사망(1987년 5월)

동근아 너 때문에
너를 앗아간 이 땅의
바르지 못한 역사의 흐름
때문에

아홉 살 동근아 너는 가고
스물다섯 우리는 남아
노자 없이 떠난 너를 위하여
새로운 결의를 한다
못 다 이루고 간 너의 꿈.
너의 염원도 우리의 염원도
단 한 가지.
사람 사는 세상임을
確認하면서
이제 동근아
억울한 영혼 거두고
편안히 가거라
눈물 없는 세계로
떠나가거라
오늘, 서울. 5월을.

서울, 비 내린다

그 다방에서 나왔을 때
빌딩 사이사이로 보이는 하늘은
잿빛이었어
그것이 어두움인 줄만 알았어
그러나 하늘은
비를 준비 중이었지
-몰매 맞아 본 놈들은 또다시
 아파야 하고 신경통 있는 놈들은
 또다시 쑤셔야 해-
그 다방에서 나왔을 때
하나일 수 없는 절망을 가지고 있었어
그것은 극도의 풍요야 절정이야
삼류소설 비린내 나는
그 한부분인지도 몰라

그런데 나는
왜
혁명을 생각하지
배고픔을 생각하지
서울, 비 내리는데

너의 얼굴이 보인다

슬그머니 눈을 감자
너의 얼굴이 보인다.
Bus는 얼지 못한
강물 위로 구르고
太陽은 다리 위에서 녹슬었다
눈을 감자, 너의
얼굴이 보인다
여의도 한 켠으로 물러나
의미조차 상실한 채
숨 막히는 현실을
인식하기조차 벅찬
너의 모습이 보인다.

샛강. 파괴된 자연과
해방 후의 비행장
밤섬엔 사람이 사라지고
철새가 온다는데
새는 새는 보이지 않고
너의
작은 모습만 보인다

그대들 맑은 영혼의 결합을 위하여

오늘은
서로 다른 생명을 가지고 태어난 두 사람
김종인과 박은숙
서로 다르지 않은 영혼이기 위하여
그 몸과 마음을 결합하는 날
어두운 밤을 밝히는
별과 같이 되려는 날
500년을 이어온 도읍지의 한쪽 모퉁이에서 태어나고
한강과 도봉 불암의 어우러짐 속에서 자라고
센티멘털을 배우고 무드를 배우고, 그리고 그리고
참된 문학을 배우고, 역사를 배우고
무엇보다 그 순결한 영혼을 하느님께 바치고,
저 푸른 자유의 하늘로 비상하기 위하여
괴롭고 억눌린 세월의 확고한
자리매김을 위하여
서로 다른 두 사람 하나이고자 맹서하는 오늘
맑은 눈동자를 가진 이들과
역사와 정의에 부끄럼 없는 뿌리 깊은 생명을
잉태하고자 하는 이들과
낡은 기차에 새로움을 부여하고

그 힘찬 기적소리를 울리고자 하는 이들이 모여
두 사람을 축복합니다.

오늘 보는 하늘은
어제의 하늘보다 푸르고
오늘 내딛는 발걸음은
어제의 발걸음보다 굳세고
오늘 누리는 자유는
어제의 부자유를 이기고
오늘 웃는 웃음은
어제보다 밝고 힘차게
그 새로움들이 이어져
드넓은 역사의 장으로 확산되기를
기원합니다.

오늘은
서로 다른 생명인 두 사람이 화합하는 날
하늘은 맑게 높고
상서로운 기운은 활기를 더하며
누리에 퍼지고 있습니다.

-김종인의 결혼식에서. 1987년 12월 5일

6집 편집을 마치며_

우리는 여전히 하나여야 한다

우리들 치부를 도려내는 아픔은 세상의 그 어떤 아픔보다 클 것이라는 생각을 한다.

한 친구는 멀리 Africa의 Libya에서 이 시대의 고통을 이겨내고 돌아왔다.

우리는 우리들의 미온적 태도로 인하여 스스로 두르기를 자청한 게으름의 멍에를 집어던지고 펄펄 일어나 살아 숨 쉬어야 한다고 믿는다.

-1988년 4월

자유공간 7집

떠나가는 노래
1990

자유공간 7집을 발간하며_

　자유공간 동인이 탄생된 지 어느덧 10년을 맞이하는 요즘, 정국은 총체적 파국으로 접어들고 있다. 제7동인시집을 펴내면서 기쁨보다는 아쉬움이, 축하보다는 뉘우침이 앞을 가린다.

　당선을 위해서는 지키지 못할 공약도 목소리 높여 외쳐댄 위정자와 문학적 성장보다는 생계에 급급할 수밖에 없는 어느 샐러리맨의 메마른 초상이 뚜렷하게 부상되는 까닭은 무엇일까?

　아니다, 그렇지만은 않다. 지역사회에서 사회양심을 바쳐 헌신적 노동운동을 전개하는 자, 중동 근로 현장에서 실존적 시 창작을 게을리 하지 않는 자, 야밤이지만 러시아문학을 부둥켜안은 자, 세균과 싸우며 인간의 구원을 앙망한 자, 보이지도 않는 언어의 사원을 찾아서 떠난 방랑의 순례자.

　아니다, 그렇지만은 않다. 가정을 버리고 자신도 모르게 한쪽은 실패한 죄, 도피한 죄, 자신과의 싸움에선 언제나 무승부 적당주의자, 사회적 자아를 튼튼히 형성 못한 죄, 페레스트로이카를 확실하게 예견 못한 죄, 페시미즘의 늪에서 여전히 뜬구름 예찬한 죄, 장족의 예술가적 성숙을 못 이룩한 죄, 뭉치지 못한 죄, 진정 사랑하지 못한 죄, 지워도 지워지지 않는 부끄러운 미실천의 죄들.

　자유공간 동인 제7 동인시집을 펴내면서, 집단적 축몰이에 걸린 상황을 확실히 느낀다. 이 현실을 외면할 것인가? 도피할 것인가? 뭉치지 아니할 것인가? 사랑도 하지 않을 것인가? 우리에게는 아직도 산재한 숙제들이 남아있다. 이 척박한 〈자유공간〉에서 또다시 하나의 이름을 새긴다. 떠나가는 노래, 이것이 자유공간 제7집의 방향표지판이다.

서로 뿔뿔이 흩어져 흔적도 마련도 없이 살아갈 것인가? 통일동이를 기다리는 피 끓는 그리움은 공허한 메아리인가? 모순 해결의 한 실천양식으로 주체적이고 민중적인 건강한 모국어는 방향상실인가?

우리는 모두다 피고들이다. 피고! 피고는 한반도 역사의 즐거운 방관자가 아닌가? 아닌가? 피고 때문이라고는 생각되지 않는가? 진정으로.

-1990년 6월

서울편지 4
-승징에게

당분간 소식 전하지 않기로 했네
멀리 떠나와
지중해의 저녁이라든가
사막의 밤이라든가
그럭저럭 사는 얘기라도 한다면
그것 또한 살아있는 증거가 되겠지만
좀 더 깊이 살지 못해 부끄러워
그러기로 했네

그리워하거나 심란해하던 것들이
꿈에 보이던 오늘 새벽
세 시에 잠이 깨었네 밖에는
누구에게 보내는 신호인지
잠들지 않은 박쥐들이
어두운 안개를 흔들고 있네
다시 잠이 들면
그대를 위한 꿈도 꾸겠지
별과 별 사이가 멀어지는
아득한 거리

어느 한쪽에 닿지 못하던 암호가
기적과 같이 해독된다면
우리의 언어는 드디어
침묵이 되고
빛나는 언어가 되네
실팍한 관계가 되네

트리폴리의 우울

오후의 아프리카
혁명의 깃발을 휘날리며
무장한 사내들이 지나간 뒤
거리에는 어린 양 한 마리
숨을 거두다

남쪽 사막에서는 교전 중
신문은 객사한 양이나
피 흘리며,
총탄에 쓰러진 어린 소년에 대하여
말하지 않는다
사라지는 생명
침묵하는 여름

꿈꿀 수 없는
죽음
풀을 뜯는 양이 평화롭다고?
굶주린 들개는 잠든 양의
내장을 파먹는데,
흔적도 없이

지중해 바람이 불고 가볍게

가볍게 흩날리는 양털

따라부르스* 리비아

작렬하는 원시의 햇볕

---

* 리비아의 수도 트리폴리의 아랍어 명

절망하는 꿈

꿈속에선 모든 것이 절망이다
아무것도 가능하지 않은
절망만을 보여주는 꿈
나는 오늘도 그런 꿈을
꾼다, 순순히 꿔준다

꿈은 예언한다 신처럼
미래에 대하여 당당하게,
절망하리라 더 이상
갈 곳이 없으리라

꿈은 일방적이다
나의 잠재력을 무시하고
진행한다 더 깊은
층층이 쌓인 잠재의식
어느 하나를 깨워
절망의 늪으로 끌고 간다
다시는 나오지 말아
보여줄 수 없어
가능한 것은 아무 것도 없어

잠들어버려 깨어나지 말아 제발

그러나 너는 모른다
내가 숨기고 있는 것이
무엇인가를
해는 뜨고 잠은 깬다
보여주랴, 그럼
너는 어둠 속으로 얼마나
깊이 숨을 수 있느냐
네가 보여주는 절망,
나는 깨어난다
깨어나기 위하여 잠이 든다
다시 꿈을 꾸고
다시 깨어난다

엽서쓰기

죄송합니다생활이야위고글도가벼워집니다기쁜날이드문
드문한사이사이에고통은장정의애정을고백합니다

심각하지않게장난처럼가볍게비밀하나없이살수있을까생
각하지만또한꿈도가져보지만꿈은가난한절망만더해줍니다

더욱깊이사랑하지못했습니다그것이늘부끄러움으로남아
슬픈저녁에닿으면습관처럼부르던노래를그치고조용히울었습
니다

눈물이멎고나면긴편지도쓸수있지않을까생각하지만

슬픔은 나의 힘

우울한 노래 같은 저녁
식사를 마치고 어두운
밤길을 돌아들며 조용히
나는 울었다

술을 마시고나면
밤부터 시작된 아침
창밖으로 캄캄한
절벽이 다가선다
출구가 보이지 않는다
다시는 술에 취하지 않으리라
아침은 아침부터 시작하리라
다짐하고 다짐해도 이미
캄캄한 절벽은 무너지지 않는다
더욱 캄캄하게
더욱 가까이로 왔다
그렇다
야윈 얼굴에 술기운처럼
어두운 그림자 배어들고
날이 가고 병이 깊어지는 이것이

어쩌면 회복의 조짐인지도 모르지만
가벼운 꿈을 더 가볍게 꾸는
슬픔은 나의 힘
찬물 한 사발 벌컥벌컥 들이켜고
야생동물처럼 병이 나으리라

슬픔은 나의 힘
슬픔은 나의
슬픔은
힘!

구월십구일

　밤열한시에승징을만나러외출하다지하철입구로늦은발길
들이지나고약국은문을내리다이시간이후로사람들은아프지
말것꽃을파는아저씨의리어카도들어가다이시간이후로꽃을
꺾거나양말을사지말것남은곳은그리하여우리가갈곳은어디
론가가야한다면술집밖에없는깊은밤거리에서곱창안주에소
주를세병마시고돌아오다오늘은슬퍼하지말것소주한잔만큼
의후회도하지말것아침이되어도절망하지말것 ‒생활이우리를
속일지라도

257

절망하는 시

보잘 것 없는 육신을 팔아
값싼 시 한 편 사지 못하여
그 흔한 시인도 못되고
슬퍼져요 살아있는 것이
죄스러워요 차라리
장사치나 될 걸 그랬나 봐요
때 묻은 돈에 때 묻은 삶을 부비며
도도하게 사는 놈 흉이나 보며 살 걸
그랬나 봐요
아무렇게나 살아도
괜찮을 것 같은 시절에
시는 엄두도 내지 않는 게
상책인 걸 그랬나 봐요

잠이 안 와요 왜 그런지
모르겠어요 휘영청 달이 밝은
창밖으로 서늘한 가을
바람이 지나가요 세상은
참으로 한적한데 잠이
오지 않아요

그러다가
몇 날을 술로 들어와
쓰러져 잠드는 모습이
생각할수록 부끄러워요
잠에서 깨어나면
절망만 토해내요
그렇지만
내가 사는 절망의 나라에
혁명이 가까운가 봐요
어떤 날에는 풍선처럼 훨훨 날아가는
빛나는 절망이 보여요

믿는 자에게 복이 있나니

기다리는 사람은 이슥토록 돌아오지 않아요 몇 해가 지나
도록 소식도 없어요 당신은 멀리 있는지 그래도 슬퍼하지 않
는 내가 슬프게 살아남아 슬픔의 힘으로 당신을 불러요

돌아서면 쓰러지리라 혼자서는 살 수 없으리라 당신에게
서 격리된 내 삶은 재떨이에 조용히 떨어지는 소량의 재에
지나지 않으리라 내가 가거나 당신이 다가와 같이 살 수만
있다면 드디어 온다면 아아 오기만 한다면 내 슬픈 기다림
이 멎고 당신을 안을 수 있는 날이 오기만 한다면

지금은 편지 한 장 오지 않는 한적한 남쪽나라 어찌 보면
말이란 아무 쓸모도 없을 법한데 그대의 목소리는 날마다
날마다 듣고 싶어 그동안 잘 지내셨어요 가볍게 물어오는 인
사가 그리워

당신을 위한 나의 애정이 함께 살기에 부족하다면 삼천리
방방곡곡에 개나리 진달래 하나 피우지 못한다면 내 얼마나
슬픈 얼굴로 얼마나 더 당신을 부르며 그리워해야 하는지

염려 마셔요 나는 기다릴 수 있어요 슬픔은 나의 힘 나의

슬픔은 오래될수록 견고해지는 양회 같아요 고층건물 같아
요 당신이 보이기 시작했어요

　내 기다림이 늦장마보다 지루하게 느껴질 때 당신에게 다
가서는 또 다른 길이 보여요 당신이 얼만큼 내게 가까워지는
지 돌아보지 않고도 알 수 있는 아침이 올 거여요 절망의 끝
이 어디인가 믿어보셔요 믿는 자에게 복이 있나니 ―보지 못
하고 믿는 자들은 복 되도다―* 그렇게 믿어보셔요

* 요한복음 20:29

모차르트와 커피 한잔

나는 혼자 삽니다
외박을 하지 않는다면
아침식사는 모차르트
심포니 제25번 G단조로
배가 부르지는 않지만
힘찬 걸음으로 출근을 합니다

나는 혼자 살아서
점심은 신중해야 하지만
별 망설임 없이
아무것이나 먹어치웁니다
그리곤 술을 마시러 갑니다

나는 혼자 삽니다
그런 나를 위하여 애인은
나의 집에 오지 않습니다
와서 빨래도 해주지 않고
밥도 해주지 않으며
말벗도 되어주지 않습니다

그래서 온갖 허드렛일도 혼자 합니다
이쯤 되면 이것은 허드렛일이 아니라
아주 중요한 일이 됩니다

사내 녀석이 무슨 청승이냐
너는 부끄럽지도 않느냐
아, 나는 혼자 삽니다
때문에 청승도 넋두리도 될 수 없습니다
엄숙한, 아주 엄숙한 일입니다

때때로 동정같이 치사한 애정으로
저녁식사는 해야지, 몸 상하면…

그럼 오늘 저녁은
모차르트와 커피 한잔

지도를 보며

벽에다 우리나라 지도를 붙여놓고
밤마다 바라보며 어디로
갈까 나의 발길이 닿았던 곳은
얼마나 될까 생각해보면
먼 옛날 고구려 사내들이 말을 타고
활을 쏘며 달려가던 산속을
그대는 알까 그 자리에 지금은
무엇이 자라는지
자세히 보면 온통
낯선 지명투성이
내가 사는 좁디좁은 이 땅을
한평생 밟아볼 수 있을까
벽에 붙은 지도를 자근자근
밟아나 볼까
어디 멀리 떨어진 섬에라도 닿으면
오랫동안 그곳에
앉았다가 올까

같이 살면

그리움만 가지면 이 척박한 땅에서 우리는 행복할 수 있을까 기다리기만 하면 그날은 올까 새벽 물안개 피어나는 겨울 강 휘휘저어 건너올 수 있을까 높은 산 얼어붙은 길 타박타박 해지고 저물도록 걸어 넘을 수 있을까

손발이 시리도록 날이 차다 애인이여 불러다오 폭설에 갇힌 그리움을 지나 그대 체온에 닿고 싶다

생은 길지 않은데 여태 헤어져 있는 지금 그대의 슬픔 혹 기쁨은 무엇이었는지 그 중 하나가 내 몫으로 남으면 망설이거나 선택한들 흔적 있을까

보아라 내 견디기 어려운 병은 깊어지고 남북 같은 잠의 경계를 오가며 오늘도 꿈속에선 그리운 그대 눈물로 보내고 돌아와 그런 꿈이라도 꾸는 날은 얼마쯤 행복하기도 하지만 그러나 애인이여 이제는 손을 다오 정전기 일어나는 섬쩍지근한 철조망 사이로 날이 밝고 내 깊은 병 아침 햇살에 녹아 내리면 이 척박한 겨울 땅에도 행복은 가능하지 않을까

경춘 국도

마장동에서 출발하는 춘천행 총알이 열두 대 있었는데 그
중에 단 한 대 살아남고 열한 대는 소양강 깊은 물속으로 풍
덩풍덩, 돈을 사랑하는 자 돈을 잃고 시간을 쉽게 획득하려
던 자 혹은 너무 바쁘게 살았던 또는 경황을 알 수 없도록
힘겹게 살았던 자 그 외로움도 풍덩풍덩, 세월 속으로 침몰
했다는 어느 택시 운전기사의 쓸쓸한 목소리

이 산을 넘으면 북녘일 겁니다 그 땅에 두고 온 산하 우리
는 성묘해야 할 어머니 묘소도 없습니다 잃어버렸습니다 라
고 말하는 나이든 아저씨의 한숨 섞인 목소리가 들려오는
공동묘지

눈을 고쳐들고 산을 보고 강을 보니 건설은 추위를 무릅
쓰고 확장공사라는 이름아래 자행되고 한편 구석 쓸쓸한
안내 표지판 위의 글씨 강원도는 관광 질서 시범도입니다 영
구차는 영원을 향하여 달리고 있는데

요람에서 출발한 너와 나 우리의 목적지는 바로 이런 곳
인가 술 푸념이 한창인 슬픔의 기억들 속에서 그렇게 저렇게
처절한 웃음을 짓던 인간들 마음속의 애욕은 한낱 광대의

유희처럼 초라하고 덧없는 것일까

　오늘은 일요일 관광의 하루가 시작되고 산으로 강으로 떠
나는 인파의 슬픈 곡예 영구차는 일가친속들을 거느리고 조
용한 땅 무의식일 수 있는 세계를 향하여 질주를 하고

헤게모니를 위한 네 개의 변주곡

내 유년에
저들의 혁명은 끝나고
끝나고 유신을 꿈꾸고
그 새로운 흥밋거리는
순결해야 할
선생들이 가르치고
그렇게 민주시민은 자라고…

고교 시절
알을 깨고 나오는 새처럼
암흑을 뚫고 들어오는
한줄기 빛을 받으며
강요되는 굴레들이
차라리 즐거웠지
그리곤 어느 하늘 아래서
시대를 구분하는
구분하려는
총소리 울렸지

꿈결처럼, 그러나 저주스럽게

동강나지 못한 세월은 흐르고
술을 배웠지
막걸리를 마시는 가난한 자의 웃음이
양주잔에 박혀버린
가진 자들의 빨간 코보다
자유스러움 그것은 기대의
확인이었지 여전히 암흑 속에서

탁류는 여전히 흐르고
역사는
그 종착역을 찾지 못하여
갈팡질팡
모두들 가슴 속에 내재된
헤게모니에의 열정은
썩어썩어
돈과 명예와 사랑이라는 이름으로
치부되는 오욕의 흐름을
강요하고 강요하고
강요하고

잃어버린 기억의 파편들 속에서

외로운 감상주의자가 되어
사당동쯤에서 술을 마시고
잃어버린 시간, 볼모로 잡힌 세월
지나쳐간 기억
그 어두운 망각의 강, 망각의 다리를 건너
늦은 귀갓길

빛바랜 사진 속의 과거를 만나면
푸른 빛깔 제복 속에 날려 보낸
세월이 날아가 버리지 않고
살아남아
그 과거 속 웃을 수 없는
부자유와 함께
기억 속을 헤집고
친구여 부끄럽게 마신 술
내 푸른 20대는 침묵을 하고
어제와 비슷한 오늘
벽마다 총천연색 사진들
나붙다
지나간 과거 속에서

우리는 그리운 그림 한 장 얻었을까
나뒹구는 의자들은
떠나간 전사를 기다리는데
패잔병 부상병만이 남은
그들이 지키고 있는
그래서 비어있어야 하는
그런 의자들을 위하여
오늘도 술잔 속에서
우리는 울어야 하는데
-지금은 13대 총선을 준비하는 시기

시험문제

1) 그대 살고 있는 삶의 방식을 비판하라
2) 그대가 느끼는 이 시대의 진실을 논하라
3) 누가 국회의원이 될 것인지를 예견하라
4) 국민주는 몇 주가 배정될 것인지 예견하고 논리적으로 설명하라
5) 19세기 러시아의 현실과 20세기를 마무리 짓는 지금, 대한민국의 현실을 비교하라
6) 지금 우리가 당면한 최대의 과제는 무엇인지 말하라
1) 2)중 택일
3) 4)중 택일
5) 6)중 택일
합 3개항

새장 속의 사람들 3
-반장선거를 하던 날

두 마리의 잉꼬가 모두 날아가 버린 후 아이는 슬픔 속에서 하루하루를 보냈어

태양은 이따금 아이에게로 찾아와 먹구름 속에서의 희망을 보여주곤 하였지만 그것은 절망일 뿐 낙심한 아이에게 새로운 만족을 부여해주지는 못하였지

장마가 지나고 지루했던 여름날의 이글거리는 권태가 사라질 무렵, 아이에게는 걱정거리가 생겨났어 여름이 지나면 전설처럼 가을이 시작되는 자연의 이치와도 같이 방학이 끝나면 신학기가 시작되는 때문이었어 어김없이 극성스레 돋아나는 땀띠가 사라진 어느 날, 학교에 갔지

순이는 얌전히 책상에 앉아서 곤충채집한 숙제를 꺼내놓고 만지작거리고 있었어 아이가 바라보는 것을 알았을까 몰랐을까 아이는 까맣게 그을은 순이의 얼굴을 보면서 두근거리는 가슴을 느꼈지

그리곤 또 며칠이 흐르고 선생님은 반장선거를 공고하셨고 술렁이는 설레임 속에 아이는 반장 후보가 되었지

준비한 '내가 반장이 된다면'을 되도록 의젓하게 외워 내려가면서 아이는 순이를 느꼈어

아아 흉보면 어떻게 하나 내가 하는 말들이 거짓말이 되

어 현실로 나타났을 때 나를 욕하고 미워한다면 나는 어쩌나

그리곤 그만이었지

아이가 떨리는 손으로 자기 몫으로 받은 투표용지에 자신
의 이름을 되도록 자기 글씨와 다르게 써놓고 곱게 접었을
때 아이는 이미 반장이 되어 있었어 순이도 활짝 웃는 얼굴
로 손뼉을 치고 있었지

그랬어

흔들의자 속에서, 순이가 옷을 갈아입고 나올 때까지 아
이는 울어야 했어

왜냐구 오늘은 대통령선거가 있는 날이거든

오늘 아이와 순이는 직접·보통·비밀·평등선거로 그들의
대통령을 뽑을 거라고 전파를 독점한 공영방송이 짖어대고
있거든

사랑의 기적소리

누렁 송아지, 가을 강 하늬바람에 불려간대요.
솜사탕 입술에 문 걸음마 사랑
노란 풍선 타고 날아간대요.
샘터에서 남한강변까지
흔들거리는 강아지풀 코스모스 보이네요.
젊은 시절 아름답고 착한 신부 무동 태우고 가는
저기 들국화길 누렁 송아지 보이네요.
귀밑머리 하얘지신 우리 어머니
어둡고 추운 곳에 핀 사랑의 꽃이여
눈물고개 넘어 초승달 기울면
사랑의 기차 지나간대요, 아픔의 세월이 흘러간대요.
침침한 골방에서 나와
창백한 시멘트벽을 뚫고나와
사랑을 알 때까지 자라나는 활엽수여
빨간 조끼의 부드러운 미소, 달콤한 속삭임
진달래 좋아하는 적갈색 얼굴, 건설의 친구여
슬픈 빗방울 그치고 나면 별밭 길 철길 따라
사랑의 기적소리 울려 퍼진대요.
빙그레 웃어보아요
섬 안개 따라 뭉게구름 피어오르면
우리들의 바다 드넓은 다도해에

먼동이 밝아온대요.

새롭게 축하할 일들은 풍년처럼 다가온대요.

저 분홍빛 연지처럼 곱게 스민 두 볼은

사랑의 찬가가 부끄러워 붉어졌나요.

사랑이여 정오의 따스한 햇살을 비추소서.

저 눈동자에 작열했던 포근한 축복을

반드시 선사하소서, 사랑의 기적소리 울려 퍼지듯이.

(1989년 9월 23일 세종대왕기념관 석승징 동인 결혼에 바침)

노동의 함성

나의 고민은 무지(無知)에서 출발하지 않는다
나의 시는 무위(無爲)의 늪에서 개관(槪觀)하는 것이다
꼬리는 몸보다 길고 귀는 둥글다.
벼룩을 퍼뜨리는 놈은 나의 시에 쥐가 나게 한다.
온통 더운 바람의 기운이 아우성치고
나의 손은 단단한 자두 씨를 쓰레기더미 위로
날려 보낸다 동네 아낙네들 콩나물과
주간지와 비가 샌 천장에 대해 수다를 떨어댄다.
시계추는 쉬지 않고 왕복운동을 하면서
신경질적인 규칙 음을 떨어뜨리고 라디오가
시끄럽다 올림픽과 에이즈 그리고 대망의
이때다 페스트 보균자가 자두 씨를 물고서
약삭빠르게 달아난다, 저놈 그 뒤를 따르는 적대감
나의 시를 훼방하는 자가 너뿐이랴
나의 살림을 훼방하는 자가 너뿐이랴
헛기침 소리에 도주하는 놈 다가서면 사라지는 놈
잡기 힘든 미꾸라지 같은 놈 저의가 무엇이냐
회색의 불길한 음모로 도사리는 놈 민주의
역사에 동참하지 않는 세균, 말 많은 코리아
의사당에서도 사랑 없는 환락가 또는 밀실
지폐 혹은 유가증권의 아방궁에서도 텔레비전

벌거벗은 주간지 폭력외화 순국선열 앞에서도
찍찍거리는 너, 바로 당신, 이놈 찍찍거리는 너
장대 빗줄기로 몰려오는 너희들 너의 달가닥 소리
나의 코리아 서울 나의 시 나의 집안에서도
여전히 달가닥 달가닥거리는 너.

나의 고민은 무지에서 출발하지 않는다.
나의 시는 무위의 늪에서 개관하는 것이다
아름다움이 추악함을 내몰아친다 농부는
가뭄을 이겨낸다, 어부는 격랑의 파도를 잠재운다.
수력발전소에서 고압선을 타고 전등으로 들어와
나의 공간을 환하게 하는 전기 혹은 강바람 타고
창문으로 들어와 나의 허파를 살게 해주는 산소처럼
흘러간 세월처럼 감쪽같이 널 사라지게 해 주마
나는 견딜 수가 없구나, 널 대하면 소름이 돋는
내 호흡은 내 적대감은 더 이상 수렁에서
견딜 수가 없구나.

목재를 뚫는 드릴 소리가 들리지 않느냐
목재를 뚫는 못과 망치의 노동의 소리가
들리지 않느냐 너를 사라지게 하기 위해 더 이상
헛기침은 하지 않으련다, 이 지구상에서 단 한번도
들어보지 못한 어마어마한 함성으로.

기억의 숲속에서
- 그래, 그때 나의 동반자는 프레베르였어.

낮술을 마셔대던 어느 날, 낮달이 고개를 내밀고 그 위로 매운 북서풍이 불었지, 진흙 묻은 내 헌 구두짝을 막걸리 실비집에다 잃어버린 날, 우울한 내 사랑의 초상이 일그러진 날, 나는 맨발의 자크 프레베르를 꿈꾸었지, 나의 연애는 언제나 선데이서울처럼 종막을 고하고, 봄바람은 곧 오실 것 같더니, 이내 보이질 않았어.

궁핍을 들추는 겨울바람만, 가난한 거리엔 맨발의 수목들, 아직도 나의 연애는 예술이 되지 못하고, 홀로 팬티만 입고 서서 남쪽을 꿈꾸었어, 기억하는가 프레베르, 그날 인사동에는 눈이 내리고 있었지, 눈 쌓인 기와지붕 위로, 그대는 미소 지으며 뛰어가고 기억하는가 프레베르, 연애란 헤어져야 진짜배기라는 것을, 추운 겨울이었지, 해가 저물어가는 그믐 밤, 냉기가 폐부를 파고드는 썰렁한 잠자리 자취방, 지하동굴 같기만 했어, 그곳이었어, 우리가 담배를 질게 빨며 쓴 독주를 마셔댄 곳은, 윤택하고는 거리가 먼 너무나 먼 자유공간에 대해 다시 얘기한 것은, 의식주에 쫓기는 사당동 낮은 방바닥이었어, 기억하는가 자크 프레베르, 이제는 안녕히.

8월 그룹
-혼자는 고독해, 여기 모여라

지금은 8월이 아닌가, 신부(新婦)여
축제의 빛나는 그날이 떠오르지 않는가,
부활의 사랑아
지금은 햇살의 계절이 아닌가,
풍요로운 희망을 약속한 8월이 아닌가.

외로운 나무처럼 돌아선 청춘이여
이제는 눈물 젖은 저 구름아
미친 바람 불어 갈 길을 모르는구나.
그 슬픔 비가 되어
시원한 물줄기로 내려오려무나,
약속처럼 페스티벌이 다시 열리니
부활의 8월이여, 슬픔이 기쁨 되게
땀 흘리자꾸나, 부활의 신부여
지금은 8월이 아닌가, 너무도 눈부신
8월이 아닌가.

비상의 음계(音階)를 두들겨라

별 없는 밤하늘 아래
어두운 얼굴들이었네
잃어버린 빛줄기 가슴에 파묻혀
슬픈 노래가 되었네.
아름다운 당신 아름다운 시간은 어디에
영원한 사랑의 달빛은 어디에
피 묻은 손발은 이제 가슴을 헤집고
비상의 음계를 두들겨라
휘몰아치는 미친 밤바람의 침략이여
밤거리의 뜨내기 복병이여
기다려다오
내 피 흘린 빛으로 달려가마,
암흑을 뚫고 처절한 비가(悲歌)의 풀피리 불어대며.

어두워지면 언제나

비상대책회의를 소집해야 하리
한 남자가 쓰러져도
누군가 홀연히 일어나
누군가 반드시 일어나
우리들 발목은 진흙구덩이 수렁 속으로
우리들 눈앞은 캄캄해져오지만
꺼져가는 최후의 불꽃을 살려야 하리
일어나야 하리
누군가 투사처럼 홀연히 일어나
호외를 외쳐야 하리
한 사람이 쓰러져도
누군가 홀연히 일어나
우리의 새벽 아침을 외쳐야 하리
어두워지면 언제나
활활 타오르는 불길이어야 하리
불꽃이어야 하리.

구름 뚫고 솟아와
-트리폴리에서 서울까지

우리 지구상에서 살다
언젠가 훌쩍 떠날
눈물겨운 인생무대에서
흐뭇한 내 우정 내 다정한 벗
친구에 대한 꿈이 있네.

화사한 봄볕이지만
춘풍을 따라 휩쓸려
땅 끝까지 뒹구는
저 비운의 순결한 목련이여
태어남과 죽어감의 아찔함이여.

멀어지는 뒷모습의 여행자마냥
단 한번만이라도 갈 수만 있다면
다시 가고프다 그토록 아늑한 추억 속으로.

보고 싶은 자 많은 오늘밤이여
고약한 우정이라도 한자리에 모여
함께 더불어

구름 뚫고 솟아야 하리 태양처럼
언제나 밝은 태양처럼

우리들의 우정이여 공감대여
천국의 계단을 못 오르리오.
바람 부는 판자촌 꼬방동네 넘어서
산동네 아파트 넘어서
이제는 슬픈 가락이여 떠나가거라.

고약한 우정에서 야생의 돌풍이 불어
불완전한 생존을 넘어 절망의 한숨고개 넘어서
트리폴리에서 서울까지
아픔의 세월들이 물길을 열어주리
새 길을 펼쳐주리
흐뭇한 우정 내 다정한 벗
지금은 튼튼한 잇몸을 위하자
우린 아직도 악물고 가야 할 먼 길이 있으니까.

(1988년 5월 4일 이철영 동인 생일에)

파업전야
-'계엄령'의 코스타 가브라스 감독에게

1.

아아 대한민국 아아 우리 조국
아아 영원토록 사랑하리라

두두두뚝 두두두뚝
펑 - 펑 퍽 - 펑
획 - 꽝 획 - 펑
획 - 꽝 아 아악!

한반도에서도 4월은 잔인한 달
3년 전 4월 13일 호헌 철폐
1990년 4월 13일 직격탄 난사
얘들아! 한 학생이 놀라 외친다.
얼굴에 직격탄이 정통으로 맞았어!
아악! 악! 아악!
두두두뚝 공중에서 선회하는 무장한 헬기
눈 앞엔 희뿌연 최루탄가스
시커먼 페퍼포그 차가 밀려온다.

1천 800여명의 무장 전경 아악 백골단까지

획 - 펑 퍽 -펑 획 - 쾅 획 - 쾅

한반도는 아직 계엄령이 아닙니다.

한반도에는 전쟁도 일어나지 않았습니다.

16미리 필름을 압수하기 위한

한반도 시국치안 작전현장이었습니다.

2.

필름 어딨어, 이 새끼들

저기영사기꺼내압수야너이리나와왜이러십니까야퍽윽연행해관객들조사해왜이러슈잔말말아노동자군인학생야연행해당신들뭣하러이런데왔어한패지다연행해조사해보안대로넘겨당신해고당하고싶어노조결성할거야회사전복시킬계획이지야파업선동할거야계급의식조장할거야우루루아악!무릎꿇어어서우우조용히해입닥쳐일제시대에도이런일은없었다누구야지금말한사람누구야우우역사에기록될탄압이다필름어딨어필름내놔!

3.

도처에 탄압이 자행되고 있습니다.

필름을 빼앗고, 수배령을 내리고

백골단이 투입되고 아아, 여기는 대한민국!

그래, 그때 너무 추웠어
-기억의 겨울 숲에서

세계는 온통 여름이었어, 한 여름, 복중이었던 것 같기도 해, 그 즈음 일은 망각하려고 애쓰지 않아도 기억에 없어, 다만 메모 몇 장이 오래된 후에 불쑥 나타나, 그래, 그때 나는 너무 추웠어, 세상은 싱그러운 플라타너스의 여름이었지, 나는 겨울 숲에서 고아처럼 떨고 있었어, 사람이 무서워, 아무도 없는 옥상, 저 어두운 허공의 거대한 아가리, 그 속에 파묻히고 싶었어, 정말, 자정이 넘으면 도심의 불빛도 사라지고, 사요나라 인사동 기생집 왜놈들도 사라지고, 부드럽게 평화를 속삭이는 천사는 없었어, 정말, 내 기억의 겨울 숲속에서는, 다만 할퀴고 짓누르는, 어떻게 말을 해야 하는지를, 하늘 향해 두 허벅지 벌린, 틀린 묘사는 아닐 거야, 발정한 똥개도 흔히 하는 자세거든, 사람이, 사탄의 나래를 지닌 악녀라, 틀린 증오는 아닐 거야, 날 숨 막히게 조이는, 으으 윽 으 윽, 요사스런 뱀의 파트너 당신, 배신의 계절이었어, 지금은 잊혀진, 기억하기도 정말 무서운.

김형식 옹, 잠자리, 목사, 석 기자, 그리고 불새

생각하면 흐뭇해, 화양리 광주집, 모두들 모여서 좋았어, 특히 형식 옹은 더욱 즐거워하더군, 은행 다니는 여행원을 애인이라고 동행했으므로, 모유 같은 막걸리에다 우정의 웃음소리가 안주되어, 하하하, 생각하면 정말 신기해, 우리가 만나는 그 만남이 술 익듯 무르익어가는 것이, 독일식 한국판 호프집, 개인적 사랑, 독재 타도, 우리의 우정, 통일지향, 그리고 취한 만큼의 우울함을 서로 나누고, 아아 나누고, 목사가 먼저 간대, 어디론가 짜식, 섭섭하지만 굿바이 목사, 목청껏 노랠 불러제꼈어, 그 가락이 날아가 밤하늘을 맴돌더군, 잠자리가 웃음 짓고, 석 기자도 웃음 터지고, 난 덩달아 실실거리고, 형식 옹은 물론 최상의 컨디션이었지, 새 애인이 곁에 있었으므로, 짜식 사랑스러워지고 정겨워지고, 어두운 화양리 언덕배기, 저 멀리 구의동 불빛들, 우리들 자유인(自由人) 얼굴엔 미소, 막걸리, 노래, 밝은 희망사항이 빛나고 있었어, 서울의 밤은 화양리 언덕과 함께 깊어만 가고, 수채화 같은 풍경의 카페로, 행복한 저녁나절이었어, 잠자리가, 석 기자가, 모두 다 흐뭇한 꿍꿍이속이 하나씩 있는 녀석들의 표정, 하하하, 모두 다 어린 아이들 같았어, 웃었어, 후후후.

병원에서

김
종
인
|

떠나는 길에 힐끗 뒤돌아보면 남아 있는
서러움 하나 미련 때문이던가 애정의
그림자인가 전세값 폭등에 폭삭
내려앉은 나의 콧대 그 앞으로
일산화탄소 스며오면 연기처럼 사라지는
나의 생은 신의 잘못인가 없는 자의 비애인가
혹은 콘크리트 속에 깊이 파인 구조악인가
눈망울이 초롱한 너를 두고 웃을 때는 달님 같은
보조개 지닌 앙증스런 귀염둥이 너를 두고
홀로 온 것처럼 혼자서 가지 못하는 것
무엇 때문인가 애초에 내 믿어온 바 바라는
것 없었지만 내게 신뢰 주던 것 무엇인가
산소마스크에 흐린 의식을 갖고 아이야 네게
무어라 말을 해야 하니 오늘도 어제처럼 창밖은
비오고 바람 새어들 듯이 냉동실로 잠든 자들이
몰려간다 쉬고 싶다 졸립다 눈이 감긴다
아이야 잘 있거라 아니야 아니야 꼭
같이 가야 해

화렐*에게

울지 마오 형제여

여의도 사방에서 흩어지는 먼지처럼 그대의 사랑은 소리 없이 쌓여온다오 내가 이기심에 잠겨 하늘의 푸르름을 몰랐을 때 바람에 쓰러지는 풀잎의 아픔을 잊고 있을 때 그대의 목소리 쏟아지는 벼락처럼 내 심장을 잘랐다오 언제나 그렇듯이 이 땅에 비상계엄령이 선포되고 갈 곳 없는 미아처럼 우리 자유가 안식할 공간이 없다 해도 그대 사랑 물처럼 내 다리에 내 가슴에 차왔다오

울지 마오 형제여

내가 가고 없다 해도 카나리아의 노래 속에 백합화의 미소 속에 그대와 나 마주 잡던 신의 오른 손 있으니 형제여 내 귀한 신실함이여 기억해주오 내게 남은 것은 오직 신을 향한 경외뿐임을 기억해주오 내 잃어버린 것 많아 분단시대에 과격했을지라도 나의 분노는 나의 비겁함에 있었음을

울지 마오 형제여

기쁨으로 보내주오

내 여기 떠나 오월이 보여준 평화와 함께 있으리니

그대의 투쟁 끝나는 날 기도하며 기다릴 것이니

---

* 종교개혁가 캘빈의 스승

울지 마오 형제여
기쁨으로 보내주오

김
형
식
|

우리의 아침은 새로웠다

가진 자들아
오륜기가 휘날리는 선진조국
경기도 부천시 도당동
벽돌 생산공장 ㈜태양연와
100세대 400여명의
내 형제들의 삶의 터전을
무엇이라 부르는가 너희는
쓰러져가는 스레트 지붕
채 아홉 자도 못 되는 방 하나에 부엌 하나
늙으신 부모님과 스물이 넘은 장성한
자식들과 함께 하는
유일한 삶의 보금자리
우리는 이를 '닭장'이라 부른다

가진 자들아
특별시의 거리 거리
우리 손으로 만든 벽돌 쌓아
아방궁을 짓고 퇴폐 사우나를 즐기는 너희는
목욕 시설 하나 없이
흙먼지 가루에 온몸이 범벅이 되어

폐 속까지 쌓이는 작업환경에서 지내는
우리의 삶을 너희는 무엇이라 부르는가
힘든 작업을 끝내고
단 칸의 부엌에서 목욕을 하려 하면
지친 몸의 다 큰 자식 놈이
갈 곳 없어 얼굴 붉히고

사택에 거주하여야 하며
가족 중 노동력을 제공할 수 있는 사람이
노동력을 제공하지 않으면
사택을 비워야 한다는 노사협의 사항에
묶여 내외가 일터로 나간 사이
화덕 위 끓이는 물에 겨우 걸음마를 익히
어린 아이가 빠지기도 한다

이뿐이랴
종이만 바른 천정너머
겨울이면 삭신을 에는 황소바람에 시달리고
여름이면 불볕더위에 잠을 설쳐야 하는
20여년의 지옥 같은 나날을
누가 사람이 사는 거라
말할 수 있는가

말할 수 있는가
가진 자들아
하루 생산 목표량 벽돌 4만5천장을
만들기 위하여 새벽 3시부터
뛰어야 하는
우리에게
신경통, 관절염, 폐병밖에 남은 것이 없는데
무엇을 말할 수 있는가
보라 1967년 몇천만을 투자하여 세운
태양은 현재 1천80억에 달하는
성장을 구가하지 않는가

가진 자들아
이제 우리는 안다
이 지긋지긋한 가난과 질병의 까닭이
게으름 때문이 결코 아니라는 것을
1천80억에 묻힌
우리의 신성한 노동을
한 맺힌 노동 생활의 피와 땀을
안다, 우리는
그리하여 이제 우리는
일어선다
일어서 우리의 피와 땀을 찾기 위한

노동의 순결을 찾기 위한
몸짓으로 분연히
당당하게 떨쳐나간다

1987년 8월 31일
우리의 아침은 새로워졌다
일흔이 넘은 할아버지 팔뚝에
전혀 새로운 힘이 용솟음치는 진실을
간난이 어멈 순이의 꼭 쥔 주먹의 진리를
진실이 진리가 가져다주는
새로운 아침
우리는 하나 되어 외쳤다
인간답게 살아보자
생산의 주역 노동자가
나라의 주인 된 삶으로
일보 일보 거대한 진군이 시작됨을
목 놓아 외쳤다
인간답게 살아보자!

7집 편집을 마치며_

서글픈 생각에 젖어든다. 왜일까?

표지장정을 하면서 다량의 잡념들이 솟아났다가 물거품처럼 사라졌다.

계절풍도 불어와 산언덕배기를 넘어 아주 사라지는 것처럼 무능한 내각이 재야의 압력과 민의에 의해서 붕괴되는 것같이 자유공간 7집을 엮어가면서 이 시편들은 모두 '떠나가는 노래'이겠거니 하고 자꾸만 생각되었다.

떠나가는 열정, 떠나가는 공동체

하여 떠나가는 노래여

우리 다시 이렇게 만나지 못하더라도 다시 한 번만 더, 라고 불러보고 싶은 아쉬움에.

-1990년 6월